Karl Olsberg

Das Dorf

Band 6: Die Rache des Endermans

Published by Karl Olsberg
c/o Briends GmbH, 22041 Hamburg
www.karlolsberg.de

Gewidmet allen Menschen,

die ihre Heimat verloren haben,

und denen, die ihre Not lindern.

Minecraft Seed für das Dorf: 100200300400500

Erkunde selbst das kleine Dorf am Rand der Schlucht und die Welt darum herum! Das ist ganz einfach (Anleitung für die PC-Version):

1. Starte Minecraft
2. Wähle „Einzelspieler“
3. Klicke auf „Neue Welt erstellen“
4. Wähle einen Namen für deine Welt, z.B. „Das Dorf“
5. Klicke auf „Weitere Weltoptionen ...“
6. Gib in das Fenster „Startwert für den Weltgenerator“ den Wert 100200300400500 ein.
7. Klicke auf „Neue Welt erstellen“.

Du spawnst am Hang eines Bergs. Steige hinab in die Ebene zu deinen Füßen und wende dich nach links, dann kommst du bald an ein Dorf, das an einer Schlucht liegt. Dies ist das Dorf, in dem die vorliegende Geschichte spielt. Natürlich verhalten sich nicht alle Bewohner im Spiel genauso wie in meiner Geschichte, aber die Welt, die ich beschreibe, ist genau die, durch die du wanderst. Am Ende dieses Buches findest du weitere Hinweise, wie du die Schauplätze dieser Geschichte erkunden kannst. Viel Spaß dabei!

Hinweis: Dieser Seed generiert die Welt von „Das Dorf“ leider nur in der PC-Version. Als ich diese Geschichte schrieb, war die aktuelle Minecraft-Version 1.8.8. Es ist möglich, dass in späteren Minecraft-Versionen der Seed 100200300400500 auch auf dem PC eine andere Welt generiert als die beschriebene. In diesem Fall musst du eine frühere Version (z.B. 1.8.8) installieren, wenn du die Welt des Dorfs erkunden willst.

1. Zu Besuch im Wüstendorf

Die Sonne brennt gnadenlos auf die kleine Gruppe von Dorfbewohnern herab, die sich durch den heißen Sand kämpft.

„Ist es noch weit?“, fragt Magolus und wischt sich den Schweiß von der Stirn.

Primo wirft einen Blick zurück. Der Fluss, der den Wald von der Wüste trennt, liegt nur ein paar Dutzend Schritte hinter ihnen. In der Ferne ragen die Türme des alten Tempels auf, den Primo und Kolle bei einem früheren Abenteuer erforscht haben.

„Nein“, sagt er, um eine weitere Diskussion mit dem Dorfpriester zu vermeiden. „Wir sind bald da.“

„Dass ich nicht lache!“, kommentiert Asimov, der Golem. „Das sagst du doch bloß, um uns zu beruhigen! Da rennt man tagelang herum, nur um irgendwo anzukommen, kehrtzumachen und dann die ganze Strecke wieder zurückzulaufen. Als wenn das Dorfleben nicht schon hektisch genug wäre! Egal, ich komme sowieso nicht mehr weit. Ich kann schon spüren, wie der Sand die Gelenke meiner Arme und Beine verschleißt. Bald werde ich mich nicht mehr bewegen können. Am besten, ihr lasst mich einfach hier zurück!“

„Schweig, Golem!“, erwidert Magolus. „Die Wüstenbewohner haben es bis zu unserem Dorf geschafft. Da wäre es doch gelacht, wenn wir nicht dieselbe Strecke zurücklegen können!“

Schweigend marschieren sie weiter. Neben Primo, Asimov und Magolus gehören Kolle, Margi, Birta und Kaus der kleinen Delegation an. Die Idee, dem Wüstendorf einen Gegenbesuch abzustatten, kam natürlich von Magolus. Primo hielt das von Anfang an für keine gute Idee, Kolle ebenso wenig. Selbst Margi war von der Aussicht, ihre Heimat schon so bald wiederzusehen, nicht besonders begeistert. Ihnen allen ist klar, dass nicht viel Gutes herauskommen kann, wenn Magolus erneut auf seinen Erzrivalen Wumpus trifft. Doch wenn der Priester sich einmal etwas in den Kopf gesetzt hat, dann ist er kaum davon abzubringen, und so haben die drei schließlich zugestimmt, ihn zu begleiten.

Primo wünschte, auch seine Freundin Golina wäre mitgekommen, dann würde er sie wenigstens nicht so vermissen. Doch Magolus war der Ansicht, zwei Frauen seien auf dieser gefährlichen Reise „mehr als genug“. Margis Teilnahme gestattete er erst, nachdem er sich vergewissert hatte, dass die Wüstendörfler keine Pferde besitzen, und er somit neben Asimov ein weiteres Mittel hatte, um Wumpus zu beeindrucken. Daher durchquert sie die Wüste als einzige hoch zu Ross. Zwar hat sie den anderen angeboten, sich mit dem Reiten abzuwechseln, doch

Kaus, Birta und Magolus trauen sich nicht mal in die Nähe ihres Pferdes, und auch Primo hat nach seinen Erfahrungen mit dem Reiten auf so einem Tier, die er bei seinem letzten Abenteuer machte, wenig Lust dazu. Kolle verzichtet schon aus Höflichkeit zu Gunsten seiner Freundin.

In gewisser Hinsicht ist Primo andererseits froh, dass Golina zuhause geblieben ist. So bleiben ihr wenigstens Magolus' ständige Nörgeleien, die schwermütigen Sprüche des Golems und Birtas notorisch schlechte Laune erspart. Als wenn der Weg durch die Wüste nicht auch so schon anstrengend genug wäre! Primo würde den weiten Weg fast lieber in Begleitung von Nachtwandlern zurücklegen. Auch Kolle und Margi wirken ziemlich genervt, während der Bauer Kaus sich immer wieder angstvoll umsieht und voller Sehnsucht in Richtung des Dorfs blickt, das sie am frühen Morgen verlassen haben.

Als die Sonne untergeht, bauen Primo, Kolle und Margi eine behelfsmäßige Unterkunft in einem Sandhügel.

„Was, da drin sollen wir schlafen?“, fragt Birta. „Und wo sind die Betten?“

„Du kannst gern draußen übernachten, wenn es dir nicht gefällt“, erwidert Kolle gereizt.

„Ich will wieder nach Hause!“, mault der Golem, der trotz seiner wiederholt vorgetragenen

Behauptung, er könne kaum noch laufen, bisher tapfer mitgehalten hat.

„Ich auch!“, stimmt Kaus zu.

„Ruhe jetzt!“, befiehlt Magolus. „Ich dulde keine Schwäche! Wir werden diesen armseligen Wichten im Wüstendorf beweisen, dass wir Schluchtdörfler uns von ein bisschen Sand und Sonne nicht unterkriegen lassen!“

Es wird eine ungemütliche Nacht. Nachtwandler schleichen um die notdürftige Behausung herum und stoßen schaurige *Unnghs* aus. Statt sie zu vertreiben, steht Asimov nur stumm da und schmollt, weil er ebenso wie Margis Pferd nicht mit in die Unterkunft durfte. Im Inneren drängen sich die Dorfbewohner bibbernd aneinander, denn die Nächte in der Wüste sind kalt. Als endlich die ersten Strahlen der Sonne durch das kleine Loch in der Wand der Behausung fallen, seufzt Primo erleichtert.

„Haben die Herrschaften gut geschlafen?“, fragt Asimov missmutig, als Primo ein paar Sandblöcke aus dem Eingang entfernt und hinaus in den kühlen Morgen tritt.

„Nein!“, stellt Birta fest.

Sie setzen die Reise durch die Wüste fort. Zum Glück sind alle von der unbequemen Nacht so müde und erschöpft, dass sie nicht einmal mehr Kraft zum Meckern haben. Selbst der Golem beschwert sich nicht mehr über Sand in seinen Gliedern, sondern stapft nur stumm hinter ihnen her.

Endlich erreichen sie die Ausläufer der Savanne. In der Ferne erhebt sich der riesige steile Berg, den die Wüstenbewohner Himmelsturm nennen.

„Der ist aber ganz schön groß!“, stellt Kaus fest.

„Ach was, so groß auch wieder nicht“, widerspricht Magolus und rümpft die Knollnase.

„Glaubst du, da oben wohnt wirklich Notch?“, fragt der Bauer.

„Unsinn!“, erwidert Magolus scharf. „Wer sowas behauptet, begeht Gotteslästerung! Notch ist überall, sieht alles und weiß alles. Und ganz besonders oft ist er in der Nähe unseres Dorfs, denn er sieht, dass wir seinen Namen ehren und seine Gesetze achten, und er weiß, dass wir seine treusten, klügsten und geschicktesten Geschöpfe sind.“

„Wer's glaubt, wird selig“, grummelt Asimov.

Am späten Nachmittag erreichen sie endlich das Wüstendorf. Sie werden bereits von einer kleinen Gruppe von Wüstenbewohnern erwartet.

„Was wollt ihr denn hier?“, begrüßt sie Wumpus, der Dorfpriester.

„Wir wollten nur sichergehen, dass du und deine Hinterwäldler es heile zurück in euer armseliges Kaff geschafft haben“, giftet Magolus zurück.

„Armseliges Kaff? Das ist doch wohl die Höhe!“, empört sich Wumpus, doch er wird von einer jungen Frau in der braunen Robe einer Bäuerin unterbrochen, die an ihm vorbei zu Margis Pferd stürmt.

„Margi!“ ruft sie aus. „Wie schön, dass du wieder hier bist!“ Sie dreht sich zu Wumpus um. „Wage es bloß nicht, sie wieder wegzuschicken wie beim letzten Mal!“

„Na ja, von mir aus können sie bleiben, wenn sie unbedingt müssen“, sagt Wumpus. „Aber höchstens eine Nacht!“

Die Bäuerin ignoriert die Bemerkung und streicht bewundernd über die Flanke des Pferdes. „Was ist das für ein seltsames Tier, auf dem du da sitzt?“

„Das ist ein Pferd“, erklärt Margi. Sie steigt elegant ab und umarmt die Dorfbewohnerin. „Ich freue mich auch, dich wiederzusehen, Karo!“

„Sowas habt ihr hier wohl noch nicht gesehen“, sagt Magolus zu Wumpus. „Wir haben übrigens noch eins davon.“

„Na und?“, erwidert Wumpus. „Wen interessiert denn schon, was ihr in eurem Dorf für seltsames Viehzeug habt?“

„Übrigens haben wir jetzt auch einen Golem!“, sagt Magolus und weist stolz auf Asimov.

Wumpus zieht eine Augenbraue hoch. „Ach wirklich? Sagtest du nicht bei unserem letzten Besuch, ihr hättet sogar zwei, die seien bloß gerade im Wald, um Holz zu fällen?“

„Was? Äh, ja, natürlich. Ich meinte, wir haben jetzt einen Golem, der auch sprechen kann!“

„Sprechen? Du alter Angeber! Golems können nicht sprechen, das weiß jeder!“

„Unserer schon!“

„Pah! Dann beweise es!“

„Nichts leichter als das! Golem, sag mal was!“

Asimov steht nur reglos da und betrachtet die beiden zankenden Priester. Primo glaubt, in seinen rot leuchtenden Augen Spott aufglimmen zu sehen.

„Golem, ich befehle dir, etwas zu sagen!“, ruft Magolus wütend.

Wumpus grinst. „Dachte ich's mir doch, dass du wieder mal nur Unsinn redest! Aber was soll man auch von Leuten erwarten, die von einem notchverlassenen Dorf irgendwo am Ende der Welt kommen.“

„Notchverlassen? Am Ende der Welt? Ihr seid es doch, die am Ende der Welt wohnen! Wir mussten zwei Wüsten durchqueren, um hierher zu kommen!“

„Seid ihr etwa durch die Wüste gelaufen?“ Wumpus lacht laut auf. „Wie dumm von euch! Warum habt ihr nicht den einfachen Weg genommen?“

Magolus wirft Primo einen giftigen Blick zu. „Den einfachen Weg?“

„Na klar“, sagt Wumpus. „Ihr hättet doch bloß das Gebirge überqueren müssen, dann über die Ebene, durch den Blumenwald und die Küste entlang bis hierher. Das wäre außerdem viel kürzer gewesen.“

Magolus räuspert sich. „Wir gehen da lang, wo es uns passt!“, sagt er kleinlaut. „Und übrigens kann unser Golem doch sprechen! Er hat anscheinend nur gerade keine Lust!“ Er wirft Asimov einen Blick zu, der dem eines wütenden Endermans ebenbürtig wäre.

„Pfft!“, macht Wumpus. „Dass ich nicht lache!“

„Ihr habt sicher Hunger von der weiten Reise!“, schaltet sich Karo ein. „Wir wussten nicht, dass ihr kommt, deshalb haben wir kein Festmahl vorbereitet. Aber ich habe einen Kuchen gebacken und noch ein paar Hühnchen im Ofen, es wird schon für alle reichen.“

Es stellt sich heraus, dass Margis alte Freundin Karo ein geräumiges Haus am Rande des Wüstendorfs bewohnt. Magolus und Kaus zählen insgeheim die Dächer und stellen enttäuscht fest, dass das Wüstendorf aus exakt dreizehn Häusern besteht - genauso viele wie ihr Heimatdorf. Wumpus verabschiedet sich mit der Begründung, er habe leider Wichtigeres zu tun, als sich um irgendwelche dahergelaufenen Fremden zu kümmern, und lässt sie mit Karo allein. Primo ist das nur recht - so muss er sich wenigstens nicht den ganzen Abend das Gezanke der beiden Priester anhören.

„Und ich muss bestimmt wieder draußen bleiben!“, mault Asimov, nachdem Wumpus gegangen ist und die anderen Karos Haus betreten.

Die Bäuerin reißt die Augen auf. „Der kann ja wirklich sprechen!“

„Klar kann er das!“, ruft Birta entrüstet. „Oder dachtest du etwa, unser Priester lügt?“

„Oberster Hohepriester von Allen, bitte!“, weist Magolus sie zurecht.

„Nein, äh ... tut mir leid“, stottert Karo. „Ich habe nur noch nie einen sprechenden Golem gesehen!“

„Wumpus offensichtlich auch nicht“, stellt Magolus fest. „Sonst hätte er mir wohl geglaubt.“

„Ihr müsst ihm verzeihen“, sagt die Bäuerin. „Unser Priester ist manchmal ein wenig ... starrsinnig.“

„Das kennen wir“, sagen Primo und Kolle gleichzeitig und ernten dafür böse Blicke von Magolus und Birta.

„Jetzt kommt erst mal rein, dann essen wir was. Du natürlich auch, sprechender Golem.“

„Ich heiße Asimov“, sagt der Golem. „Und danke für die Einladung, aber ich bleibe lieber draußen. In Häusern stoße ich mir bloß den Kopf.“

Es wird ein schöner Abend. Karo lädt noch ihren Nachbarn ein, den Schäfer Daun, der auch schon beim Besuch des Dorfs an der Schlucht dabei war. Zu acht wird es selbst in dem geräumigen Haus ganz schön eng, auch ohne Golem. Doch das tut der guten Stimmung keinen Abbruch. Das Essen schmeckt hervorragend, und Margi und Karo erzählen Geschichten aus ihrer Jugend, als die beiden Priester Wumpus Streiche gespielt haben. Magolus lacht besonders laut darüber.

Erst als der Mond bereits hoch am Himmel steht, legen sie sich schließlich schlafen.

2. Der Golem ist weg

Am nächsten Morgen serviert Karo ein herzhaftes Frühstück. Zwar hat Magolus sein Ziel, Wumpus mit einem sprechenden Golem zu beeindrucken, nicht erreicht, aber die freundliche Behandlung durch die Bäuerin stimmt ihn milde. „Ihr könnt ja nichts dafür, dass ihr so einen Angeber als Priester habt“, stellt er fest. Primo und Kolle rollen mit den Augen, was ihnen einen Tadel von Birta einbringt.

Als sie aus dem Bauernhaus treten, erwartet sie eine Überraschung. Wumpus steht dort inmitten einer Gruppe von Dorfbewohnern und macht ein finsteres Gesicht.

„Wo ist der Golem?“, fragt er.

„Da steht er doch!“, erwidert Magolus und weist auf Asimov, der reglos neben einem von Karos Getreidefeldern wartet.

„Den meine ich nicht“, sagt der Priester des Wüstendorfs. „Ich meine unseren Golem. Gestern Abend war er noch da, aber seit heute Morgen ist er nirgends zu finden.“

„Woher sollen wir wissen, wo euer Golem ist?“, fragt Magolus.

„Gebt es ruhig zu!“, zischt Wumpus.

„Gebt was zu?“

„Dass ihr ihn gestohlen habt!“

Einen Moment lang herrscht eisige Stille.

„Was sagst du da?“, fragt Magolus. Seine Stimme bebt vor Zorn.

„Willst du mir etwa erzählen, es ist Zufall, dass unser Golem genau in dem Moment spurlos verschwindet, wo ihr hier aufkreuzt?“, gibt Wumpus ebenso zornig zurück.

Primo blickt zwischen den beiden hin und her. Die angespannte Stimmung gefällt ihm gar nicht. Wenn es zum offenen Konflikt kommt ...

„Hast du irgendwelche Beweise für deine Anschuldigungen, Wumpus?“, schaltet sich Karo ein.

„Beweise? Der Fall ist doch eindeutig: Diese Fremden kreuzen hier auf, und am nächsten Morgen ist unser Golem weg. Was brauchen wir da noch für Beweise? Wer sonst außer einem Fremden würde einen Golem klauen?“

„Und wie genau sollen unsere Besucher den Golem gestohlen haben?“

„Das weiß ich doch nicht! Wahrscheinlich haben sie sich nachts an ihn herangeschlichen, und dann – zack – haben sie ihn sich geschnappt.“

„Und wo, glaubst du, haben sie ihn versteckt? Unter ihren Roben vielleicht?“

„Nun, äh ... also ...“, stottert Wumpus und sieht sich verwirrt um.

Primos Blick fällt auf Asimov, der immer noch reglos dasteht. Bildet er es sich nur ein, oder schaut der Golem verschämt auf den Boden? Ihm kommt ein Verdacht.

„Asimov, kannst du uns vielleicht sagen, wo der Golem aus dem Wüstendorf ist?“, fragt er.

„Schon möglich“, erwidert der Golem, ohne Primo anzusehen.

Die Wüstendorfbewohner starren Asimov mit großen Augen an. „Er kann ja wirklich sprechen!“, ruft Wumpus erstaunt.

„Ha!“, macht Magolus triumphierend.

„Asimov, wo ist der andere Golem?“, fragt Primo.

Asimov streckt seinen langen metallenen Arm aus und zeigt auf die Wüste nordöstlich des Dorfs. „Irgendwo da draußen.“

„Und wieso ist er da draußen?“

„Ich habe ihn in die Wüste geschickt.“

„Und warum?“

„Mir war gestern Abend etwas langweilig, so allein hier draußen, während ihr im Haus euren Spaß hattet“, erzählt der Golem. „Also bin ich ein wenig spazieren gegangen, und da hab ich meinen Kumpel getroffen. Wir haben uns ein bisschen unterhalten. Um ehrlich zu sein, hab die meiste Zeit ich geredet. Er ist eher der schweigsame Typ, aber ein wunderbarer Zuhörer. Wir waren uns schnell einig, wie trostlos die Existenz als Golem ist, gefangen in einem metallenen Körper, gebunden an den Willen durchgeknallter Knollnasen ohne Sinn und Verstand. Ich habe gemerkt, dass er immer trübsinniger wurde, und da hab ich ihm vorgeschlagen, in die Wüste zu gehen und über den Unsinn des Lebens zu meditieren. Sowas bessert zwar nicht die Laune, aber man stört dabei wenigstens niemanden. Wohin genau er gegangen ist, weiß ich auch nicht."

„Auweia!", entfährt es Primo.

„Also habt ihr unseren Golem nicht gestohlen?", fragt Wumpus.

„Natürlich nicht", bekräftigt Magolus. „Einer von denen reicht uns, das kannst du mir glauben!"

Wumpus beugt sein Haupt. „Dann entschuldige ich mich dafür, dass ich euch fälschlich beschuldigt habe", sagt er. Alle starren ihn verwundert an. Am meisten scheint Karo über die Demut ihres Priesters erstaunt zu sein.

„Ähem", räuspert sich Magolus, der sich offenbar von Wumpus in nichts etwas vormachen lassen will, auch nicht in Entschuldigungen. „Auch wir bitten für das Verhalten von Asimov um Verzeihung. Ich werde sofort meine besten Leute in die Wüste schicken, damit sie euren Golem zurückbringen!" Er zeigt auf Primo und Kolle, die beide unwillkürlich aufstöhnen.

„Seit wann muss man sich für eine freundliche Plauderei unter Kumpels entschuldigen?“, grummelt Asimov.

„Schweig, Golem!“, befiehlt Magolus. „Du wirst die beiden begleiten und dafür sorgen, dass der Golem des Wüstendorfs wohlbehalten zurückkehrt. Sonst lassen wir dich hier an seiner Stelle zurück.“

„Okay, okay, ich geh ja schon“, mault Asimov und stapft hinter Primo und Kolle her.

Zum Glück dauert es nicht lange, bis sie den Golem des Wüstendorfs finden. Er sitzt mit hängendem Kopf im Schatten eines Sandhügels.

„Eine von den Knollnasen aus deinem Dorf hat uns geschickt, damit wir dich zurückholen“, erklärt Asimov.

Der Wüstendorf-Golem schüttelt langsam seinen Metallschädel.

„Nimm's nicht so schwer, mein Freund“, beruhigt ihn Asimov. „In spätestens tausend Jahren bist du verrostet, dann hast du's hinter dir.“

Der Golem scheint noch mehr in sich zusammenzusacken, obwohl das mit seinem Metallkörper eigentlich gar nicht möglich ist.

„Lass lieber mich mit ihm reden!“, sagt Primo. Er geht zu dem Golem und legt ihm eine Hand auf die metallene Schulter. „Komm schon, deine Dorfbewohner vermissen dich! Sie brauchen deine

Hilfe und deinen Schutz! Außerdem haben sie dich richtig lieb!“

Der Golem schüttelt nur den Kopf und stößt ein Geräusch aus, das wie ein metallischer Seufzer klingt.

„Lasst ihn in Ruhe“, sagt Asimov. „Er hat nun mal erkannt, dass er überflüssig ist. Da kann man nichts machen.“

„Aber er ist nicht überflüssig!“, widerspricht Primo. „Er muss das Dorf vor Monstern beschützen!“

„Pah, so ein Blödsinn. Im Wüstendorf hat es schon lange keinen Monsterangriff mehr gegeben. Der arme Kerl hier hat längst nur noch eine dekorative Funktion. Kein Wunder, dass er depressiv ist.“

„Er scheint ganz zufrieden gewesen zu sein, bis du gekommen bist und ihm eingeredet hast, er werde nicht mehr gebraucht!“

„Ich hab ihm gar nichts eingeredet. Und außerdem ist es doch wahr!“

In diesem Moment hören sie Hufgetrappel. Kurz darauf erscheinen Margi und Karo, die zusammen auf dem Rücken des Pferdes durch den Sand galoppieren.

„Hui, das macht Spaß!“, ruft Karo aus.

„Steh, Assan!“, sagt Margi. Das Pferd hält so abrupt an, dass Karo beinahe den Halt verliert und herunterpurzelt. Die beiden steigen ab.

„Da ist ja unser Golem“, stellt Karo fest. „Aber warum sitzt er bloß da? Ist er kaputt?“

„Asimov hat ihm eingeredet, er sei in eurem Dorf überflüssig“, erklärt Primo.

„Aber das stimmt doch nicht!“, widerspricht Karo. Der Golem blickt kurz auf, doch dann schüttelt er wieder nur den Kopf.

„Das Problem ist anscheinend, dass es seit Langem keinen Monsterangriff mehr bei euch gegeben hat“, meint Primo.

„Das stimmt“, bestätigt Karo. „In letzter Zeit ist es ziemlich ruhig in den Nächten.“

„Ich hab eine Idee“, sagt Kolle. Er geht zu Karo und boxt sie gegen den Arm.

„Aua!“, ruft die Bäuerin aus.

„Sag mal, spinnst du, Kolle?“, empört sich Margi. „Was ist denn in dich gefahren?“

Doch Kolle zeigt nur auf den Golem, der sich jetzt aufgerichtet hat und ihn wütend anstarrt. „Lauf vor mir weg zum Dorf!“, raunt er Karo zu.

Die Bäuerin versteht. „Hilfe!“, ruft sie. „Hilfe, der Fremde will mir etwas tun!“ Laut schreiend läuft sie den Hügel hinauf in Richtung des Wüstendorfs.

Kolle rennt ihr nach, gefolgt von dem Golem, der mit mächtigen Schritten durch den Sand stakst und versucht, ihm mit seinen langen Armen einen Schlag zu verpassen.

„Auweia!“, ruft Margi aus. „Was ist, wenn er Kolle erwischt?“

„Keine Angst, Golems sind zum Glück nicht allzu schnell zu Fuß“, sagt Primo.

„Ja, das ist eine unserer vielen Stärken!“, grummelt Asimov.

Margi sitzt wieder auf. Zu dritt folgen sie dem wütenden Golem.

Karo und Kolle haben inzwischen das Dorf erreicht. Der Golem versucht immer noch, Kolle durch die Luft zu schleudern, während dieser sich hinter der Bäuerin in Deckung bringt. Die beiden tänzeln um Karo herum, als führten sie ein merkwürdiges Ritual auf.

„Was habt ihr denn jetzt wieder für einen Unsinn angestellt?“, fragt Birta.

Primo ignoriert sie. „Ihr müsst euch wieder vertragen!“, ruft er Kolle und Karo zu. „Umarmt euch oder so!“

Karo dreht sich um, nimmt Kolle in den Arm und gibt ihm einen Kuss. Kolles Gesicht läuft knallrot an. Der Golem hält inne und blickt zwischen ihnen hin und her, dann lässt er seine Metallarme sinken.

Margi springt von ihrem Pferd und rennt auf die beiden zu. Einen Moment lang befürchtet Primo, dass sie Karo eine Ohrfeige verpassen wird, weil diese ihren Freund geküsst hat. Was würde wohl der Golem dann tun? Aber stattdessen nimmt sie Kolle in den Arm und küsst ihn ebenfalls, nur länger. „Gut gemacht!“, sagt sie.

„Jetzt, wo unser Golem wieder da ist, möchte ich unsere Ehrengäste aus dem, äh, wunderschönen Schluchtdorf zum gemeinsamen Gottesdienst in unsere Kathedrale einladen!“, ruft Wumpus feierlich.

„Kathedrale? Was für eine Kathedrale?“, fragt Magolus. Doch er folgt seinem Priesterkollegen zusammen mit den anderen zu der kleinen Dorfkirche.

Es ist ziemlich eng, als sich alle Bewohner des Wüstendorfs und die Besucher aus dem Dorf an der Schlucht in der Kirche drängen. Wumpus hält eine lange Predigt über gute Nachbarschaft und darüber, dass man Fremden gegenüber stets freundlich und tolerant sein muss.

„Denn Notch hat uns alle nach seinem Ebenbild geschaffen!“, schließt er. „Und deshalb sind wir alle Brüder und Schwestern. Unsere Besucher aus dem fernen Dorf an der Schlucht kamen als Fremde, doch hier und jetzt sind sie unsere Freunde geworden! Amen!“

„Amen!“, sagt die ganze Gemeinde, und die Bewohner beider Dörfer umarmen einander zum Zeichen der Freundschaft.

„Und nun wollen wir zur Feier dieses wundervollen Tages gemeinsam das Heilige Brot essen!“, sagt Wumpus und hält einen großen Brotlaib hoch. „Denn Notch, der Herr, sprach …“

„Das heilige *Was?!?*“, ruft Magolus empört dazwischen.

3. Die Rache des Endermans

Die Sonne brennt gnadenlos auf die kleine Gruppe von Dorfbewohnern herab, die sich durch den heißen Sand kämpft.

„Ich hab's ja schon auf dem Hinweg gesagt", stöhnt Asimov. „Vollkommen sinnlos, dieses Hin- und Hergerenne."

„Schweig, Golem, oder ich lasse dich hier in der Wüste zurück!", droht Magolus.

„Oh ja, bitte tu das!", erwidert der Golem. „Dann muss ich mir wenigstens eure blödsinnigen Streitereien nicht mehr anhören. Brot oder Kuchen, wen interessiert das schon?"

„Blödsinnige Streitereien?", ereifert sich Magolus. „Das ist eine theologische Grundsatzfrage! Kuchen ist das einzige, das in der Kirche heilig zu sein hat, und damit basta! So steht es im Heiligen Buch, und so ist es Notchs Wille! Wer etwas anderes behauptet, wie dieser Blödmann Wumpus, ist ein Ketzer und hat kein Recht, Priester zu sein!"

„Mag ja sein", mischt sich Primo ein. „Aber hättest du deswegen gleich einen Streit anfangen müssen? Schließlich waren wir Gäste im Wüstendorf, und wenn sie dort andere Sitten haben als bei uns ..."

„Wie kannst du es wagen, den Herrn Priester, äh, ich meine den Obersten Hohepriester von Allen so zurechtzuweisen!“, keift Birta.

„Ist doch wahr!“, stimmt Kolle zu. „Es war unnötig, Wumpus so zu provozieren. Jetzt hat er uns bis in alle Ewigkeit verboten, uns dem Wüstendorf auch nur zu nähern!“

„Pah! Wer will schon in dieses dämliche Kaff am Ende der Welt!“, ätzt Magolus.

Margi stößt bei diesen Worten einen Schluchzer aus. Sie sitzt zusammengesunken auf ihrem Pferd, die Augen rot vom Weinen. Kolle läuft olivgrün an, und Primo fürchtet schon, dass er sich auf Magolus stürzen wird. Doch dann beherrscht er sich und redet leise mit Margi, um sie zu trösten.

Sie setzen ihren Weg durch die Wüste fort. Nach dem heftigen Streit in der Kirche und ihrem überstürzten Aufbruch heute Morgen hatte Primo vorgeschlagen, den kürzeren Weg die Küste entlang zu nehmen, wie es Wumpus bei ihrer Ankunft empfohlen hatte. Doch Magolus lehnte dies mit dem Hinweis ab, wer nicht mal zwischen Brot und Kuchen unterscheiden könne, der sei wohl kaum qualifiziert, die beste Reiseroute zu kennen. Außerdem traue er diesem Ketzer durchaus zu, sie bewusst in die Irre zu schicken.

Also folgen sie dem Weg, den sie auf dem Hinweg genommen haben, vorbei am Himmelsturm und durch die lange Wüste, die sich in nordsüdlicher Richtung erstreckt. Gegen Abend erreichen sie die Behelfsunterkunft, in der sie auf dem Hinweg übernachtet haben, und drängen sich erschöpft hinein.

„Und ich muss natürlich wieder draußen bleiben“, mault der Golem. Doch niemand beachtet ihn.

Primo ist von der weiten Reise so müde, dass er trotz der Kälte rasch in Schlaf sinkt. Mitten in der Nacht schreckt er hoch. Ihm ist, als ob da ein heiseres, gehässiges Lachen gewesen wäre. Er sieht sich um, doch er hört nur das Schnarchen der anderen und das Stöhnen eines Nachtwandlers in der Ferne. Wahrscheinlich hat er sich das Geräusch nur eingebildet, oder es war der Rest eines Traums.

Doch so sehr er es auch zu verdrängen versucht, er hat ein ungutes Gefühl im Bauch, so als ob etwas Schreckliches passiert sei. Vergeblich versucht er, wieder einzuschlafen. Schließlich hält er es nicht mehr aus, entfernt so leise wie möglich die beiden Sandblöcke, die den Eingang zu der Behelfsunterkunft blockieren, und tritt hinaus in die sternklare Nacht. Der Mond ist nahezu voll und taucht die Wüste in ein silbriges Licht, so dass es aussieht, als bestünde sie aus glänzendem Metall. In der Ferne schleichen ein paar Nachtwandler umher, doch keiner scheint ihn zu beachten, und er fühlt er sich mit seinem Diamantschwert sicher.

Er geht zu dem Golem, der reglos im Sand steht, den Blick in die Ferne gerichtet. „Hast du auch so ein merkwürdiges Lachen gehört?"

„Wer sollte in dieser trostlosen Gegend einen Grund zum Lachen haben?", erwidert Asimov. „Ich jedenfalls nicht."

„Ist dir irgendwas Besonderes aufgefallen?", fragt Primo, dessen Unruhe wächst, ohne dass er erklären könnte, warum.

„Was genau meinst du mit ‚etwas Besonderes'? Dass plötzlich ein rundes Gebilde vom Himmel herabschwebt und kleine grüne Wesen mit Antennen auf dem Kopf aussteigen? Meinst du etwas in der Art?"

„Ist das denn passiert?"

„Nicht, dass ich wüsste."

„Ich meinte einfach etwas, das nicht so ist wie sonst. Irgendwie ungewöhnlich."

„Ungewöhnlich ist auf jeden Fall schon mal, dass sich jemand für meine Meinung interessiert."

Primo seufzt. „Sonst noch was?"

„Es sind wenig Creeper zu sehen heute Nacht. Um nicht zu sagen, gar keine."

„Wenig was?"

„Creeper. Ihr nennt sie Knallschleicher, wenn ich richtig informiert bin.“

„Und warum nennst du sie dann Krieper?“

„Keine Ahnung. So heißen sie eben.“

Primo fällt ein, dass Willert dieses Wort schon einmal benutzt hat. Vielleicht stammt es aus der Sprache der Fremden. „Du bist manchmal ziemlich seltsam, Asimov.“

„Ach, echt? Und ich dachte immer, ihr seid seltsam! Gut, dass wir das jetzt geklärt haben.“

Primo sieht sich um. Tatsächlich, Nachtwandler und Skelette schleichen zu Dutzenden durch die Wüste, und hin und wieder blitzen die violetten Augen eines Schattenmanns auf, doch nicht ein einziger Knallschleicher ist zu sehen.

„Meinst du, das hat was zu bedeuten?“, fragt er.

„Dass ich seltsam bin?“

„Nein, dass keine Knallschleicher in der Nähe sind, oder Krieper oder wie sie auch immer heißen.“

„Klar bedeutet das was.“

„Und was?“

„Woher soll ich das wissen? Wahrscheinlich haben sie einfach etwas Besseres zu tun, als hier in der Wüste herumzuirren. Obwohl ich mir kaum vorstellen kann, was schöner sein könnte, als sinnlos durch den Sand zu stapfen.“

„Schläfst du eigentlich nie?“, fragt Primo.

„Nein. Wir Golems stehen nachts nur dumm in der Gegend rum und langweilen uns - einer unserer zahlreichen Konstruktionsfehler. Aber wenn ich in Ruhe gelassen werde, dann kann ich die Zeit wenigstens nutzen, um über die Sinnlosigkeit meiner Existenz zu meditieren."

„Entschuldige. Ich wollte dich nicht stören."

„Schon gut."

In diesem Moment erklingt aus der Ferne ein dumpfes, langgezogenes Grollen.

Primo erschrickt. „Was war das?"

„Keine Ahnung", sagt der Golem. „Ein Gewitter wahrscheinlich."

Primo starrt in den Himmel. Es sind nirgendwo Wolken zu sehen. Seine innere Unruhe steigt weiter. Er betrachtet Margis Pferd, das in der Nähe steht und den Kopf mal hierhin, mal dorthin in die Luft reckt, als wittere es die Monster in der Nähe. Wenn er doch bloß reiten könnte! Wenn er sich beeilte, könnte er ins Dorf reiten, Golina einen Kuss geben und wäre noch vor Sonnenaufgang wieder zurück. Zumindest vermutet er das. Aber natürlich ist das eine dumme Idee, und wie er sein Geschick kennt, würde er nach wenigen Sprüngen vom Rücken des Tiers fallen und in einem der stacheligen Dinger landen, die hier überall herumstehen.

Also setzt er sich stattdessen auf einen Sandblock neben Asimov und sieht zu, wie der Mond langsam über den Himmel zieht. Als er den Horizont erreicht, färbt sich der Himmel auf der anderen Seite zunächst dunkelrot, dann lavarot und schließlich orange, während die rechteckige Sonne langsam emporsteigt. Es ist ein wunderschöner Anblick. Was würde Primo darum geben, ihn zusammen mit Golina genießen zu können! Er vermisst sie so sehr, dass er es kaum abwarten kann, aufzubrechen.

Endlich stolpert ein mürrischer Magolus aus der Behausung, gefolgt von Birta, Margi, Kolle und Kaus. Sie essen zum Frühstück etwas von dem Brot, das Wumpus in der Kirche Magolus wütend an den Kopf geschleudert hat, und brechen auf. Es dauert nicht lange, bis sie den Rand der Wüste erreichen. Als sie durch den Wald dahinter Richtung Westen spazieren, bessert sich die Laune der kleinen Gruppe immer mehr. Selbst Asimov äußert sich zufrieden darüber, keinen Sand mehr in den Gelenken zu haben.

Als die Sonne am Zenit steht, erreichen sie den Rand des Waldes. Vor ihnen liegt die grasbewachsene Ebene, auf der Jargas Schafe weiden, und dahinter, auf der anderen Seite des Flusses, der es in einem weiten Bogen umfließt, ihr Heimatdorf!

Fröhlich stapft die kleine Delegation über die Ebene. Die peinliche Auseinandersetzung in der

Kirche des Wüstendorfs hat Primo längst vergessen. Er denkt nur daran, dass er nun endlich seine geliebte Golina wieder in den Arm nehmen kann. In diesem Moment hat er das Gefühl, dass Asimov vielleicht doch recht hat und ständiges in der Gegend Herumrennen stark überbewertet wird.

Doch als sie etwa in der Mitte der Ebene sind, werden ihre Schritte langsamer. Verwundert sehen sie sich um.

„Wir müssen irgendwo falsch abgebogen sein“, vermutet Magolus.

„Ich hab’s ja gewusst!“, ruft der Golem aus.

„Du hast uns in die Irre geführt, Primo!“, ruft Birta vorwurfsvoll.

Kolle und Primo erwidern nichts, sehen sich nur sprachlos an. Auch Margi sitzt stumm auf ihrem Pferd und starrt Richtung Westen. Plötzlich macht sie ein schnalzendes Geräusch und galoppiert los in die Richtung, in der eigentlich das Dorf liegen müsste.

Doch dort, wo am Horizont längst die vertrauten Häuser hätten auftauchen sollen, ist nur eine flache, grasbewachsene Ebene zu sehen.

Zögernd gehen sie weiter. Mit jedem Schritt wird deutlicher, dass etwas ganz und gar nicht stimmt. Die Berge im Norden und Süden, der kleine Lavasee, alles ist genauso, wie es Primo seit Kindesbeinen kennt. Nur die Häuser auf der anderen Seite des Flusses fehlen!

Als Margi schließlich zurückgaloppiert kommt und er die Tränen in ihren Augen sieht, weiß er, dass seine schlimmsten Befürchtungen wahr sind.

„Was ist denn nun?“, fragt Magolus. „Wir sind hier falsch, oder? Das ist nicht die östliche Ebene, die zu unserem Dorf führt, hab ich recht? Rede, Margi!“

Doch Margi kann nicht sprechen. Sie schüttelt nur den Kopf. Dann springt sie vom Pferd und fällt Kolle schluchzend in die Arme.

„Was ist denn bloß los?“, fragt Birta, doch selbst sie klingt nicht wie sonst bissig, sondern verunsichert.

„Das Dorf ...“, stößt sie schließlich hervor. „Es ... es ist ... weg.“

„Weg?“, fragt Magolus. „Wie, weg? Ein Dorf kann doch nicht einfach verschwinden! Schon gar nicht unseres!“

Schließlich fasst sich Margi wieder. „Nein, nicht verschwunden“, sagt sie heiser. „Es wurde zerstört. Vollkommen zerstört.“

„Um Notchs Willen!“, ruft Magolus mit zitternder Stimme. „Der Zorn des Schöpfers ist über uns gekommen! Dieser dämliche Wumpus hat ihn mit seinem Gefasel vom Heiligen Brot provoziert, so dass ...“

„Nein", fällt ihm Primo ins Wort. „Das war nicht Notch. Das ist seine Rache."

„Wessen Rache?", fragt Kolle

„Artrax'. Die Rache des Endermans." Mit diesen Worten rennt er los.

4. Die Notunterkunft

Mit zugeschnürter Kehle geht Primo über die Ebene, auf der noch vor Kurzem das Dorf stand, in dem er aufgewachsen ist. Reste des Kiesweges, der in ostwestlicher Richtung führt, sind noch zu erkennen, und ein paar Steinblöcke markieren die Stelle, wo der Dorfbrunnen stand. Doch rechts und links davon, dort, wo die Schmiede von Primos Vater Porgo war und das Haus von Golinas Eltern, die Bibliothek, die vielen anderen Häuser ... überall sieht man nur noch flache, unregelmäßige Erdlöcher. Selbst von der stolzen Dorfkirche sind nur noch wenige Steinblöcke übrig. Ein Huhn läuft gackernd zwischen ihnen herum, als könne es ebenso wenig wie Primo begreifen, was hier geschehen ist.

Eine Weile stolpert er durch die Ruinen wie in einem schlechten Traum. Ja, genau, das muss ein Traum sein! Ein Alptraum, so wie damals, als er in die Augen des Endermans sah und die Vision eines Drachens hatte, der das Dorf zerstörte. Doch als er an der Schlucht ankommt, die immer der Stolz des Dorfes war und die als einzige unverändert geblieben ist, wird ihm klar, dass es diesmal kein Erwachen gibt.

„Wie ... wie ...“, beginnt Magolus, doch er bringt den Satz nicht zu Ende. Wozu auch? Niemand von ihnen könnte die Frage, wie das hier passiert ist, beantworten.

Oder doch? Primo erinnert sich an das seltsame Lachen, das ihn geweckt hat, und an die Beobachtung des Golems. „Knallschleicher“, sagt er.

„Was?“, fragt Magolus.

„Er muss eine ganze Armee von ihnen herbeigerufen haben. Deshalb waren keine mehr in der Wüste. Ich habe in der Nacht ein dumpfes Grollen gehört ...“

In diesem Moment ertönt ein unheimliches Geräusch, gefolgt von einem hässlichen, heiseren Lachen. Primo fährt herum. Mitten in den Ruinen ist ein Enderman erschienen. Artrax!

Ohne nachzudenken, zieht Primo sein Diamantschwert. Doch Asimov ist schneller.

„Überlasst ihn mir!“, ruft der Golem und stakst mit schnellen Schritten auf die schwarze Gestalt zu, wobei seine Arme durch die Luft wirbeln. Seine roten Augen leuchten hell. Primo hat ihn noch nie so wütend gesehen. Doch bevor er seinen Gegner erreicht, verschwindet dieser und hinterlässt nur einen Schwarm violetter Funken, die langsam verblassen.

„Was sollen wir jetzt nur machen?“, fragt Magolus. „Bei Notch, wohin sollen wir gehen?“

Primo quält eine ganz andere Frage. „Vielleicht ... vielleicht gab es Überlebende ..."

Kolle legt ihm die Hand auf die Schulter. „Wenn du recht hast und es eine Armee von Knallschleichern war, dann ... dann ..." Er kann nicht weitersprechen.

Primo schüttelt die Hand ab. Er kann nicht glauben, dass Golina tot ist und sein Vater und all die anderen auch. Das darf einfach nicht sein!

„Willert!", ruft er. „Ruuna! Sie waren wahrscheinlich in ihrer Hütte im Wald, als es geschah. Vielleicht haben sie etwas gesehen. Wir müssen zu ihnen!"

Die anderen stimmen ihm zu. Hier gibt es ohnehin nichts mehr zu tun. Die Sonne steht noch hoch am Himmel, aber sie brauchen einen Unterschlupf für die Nacht. Vielleicht können sie bei dem Einsiedler und der Hexe unterkommen. Falls Artrax nicht auch die einsame Hütte in die Luft gesprengt hat.

Primo und Kolle führen die anderen durch den Wald. Niemand sagt etwas. Endlich erreichen sie die Hütte, die zum Glück noch intakt ist. Mit pochendem Herzen klopft Primo an die Tür. Hoffentlich waren die beiden nicht im Dorf zu Besuch, als der Angriff geschah!

Die Tür geht auf, und ein spitzer Schrei ertönt. „Primo!" Eine Gestalt fliegt aus der Hütte und wirft sich ihm an den Hals, so dass er rückwärts taumelt und fast zu Boden fällt.

„Golina!“, stößt er hervor, nachdem sie ihn wieder zu Atem kommen lässt. „Du ... du lebst!“ Tränen der Freude verschleiern seinen Blick. Als er sie wegblinzelt, sieht er auch die anderen Dorfbewohner aus der kleinen Hütte hervorquellen: seinen Vater Porgo, Golinas Eltern Bendo und Agia, Nimrod den Bibliothekar und seine Frau Delfina, die Schäferin Jarga, den Fischer Olum und all die anderen. Sogar die Katze Mina springt heraus und hüpft direkt in Asimovs ausgestreckte Arme, wo sie sich an seinen Metallkörper kuschelt und zufrieden schnurrt. Zuletzt kommen Ruuna und Willert heraus. Primo wundert sich, wie sie alle in die winzige Hütte passen konnten.

Alle reden durcheinander in ihrem Versuch, ihre Freude über das Wiedersehen auszudrücken und zu verstehen, was passiert ist. So dauert es eine Weile, bis sich Magolus Gehör verschaffen kann. „Ruhe!“, ruft er. „Ruhe, in Notchs Namen! Bitte der Reihe nach! Porgo, erzähl du, was passiert ist!“

„Es war Golina“, sagt Primos Vater. „Sie hat uns alle vor dem sicheren Tod gerettet.“

Alle blicken Primos Freundin an, der die Aufmerksamkeit sichtlich unangenehm ist. „Ich hatte diesen seltsamen Traum“, sagt sie. „Mir ist ein

Schattenmann erschienen. Er hat gesagt, ich muss sofort aufwachen und aus dem Dorf verschwinden, denn es wird etwas Schreckliches geschehen! Ich bin aus dem Schlaf geschreckt. Erst habe ich gedacht, es sei nur ein Alptraum gewesen, und wollte wieder einschlafen. Doch das konnte ich nicht. Und dann habe ich Angst bekommen und die anderen geweckt."

Tränen laufen über ihre Wangen, als sie fortfährt: „Es war mitten in der Nacht, und keiner wollte das Dorf verlassen. Doch dann habe ich den Schattenmann entdeckt, oben auf dem Kirchturm, wie damals, als Primo gegen ihn gekämpft hat. Da wusste ich, dass es kein Alptraum war. Wir sind auf die Ebene neben der Schlucht gerannt, und da haben wir sie gesehen: Knallschleicher. Es waren hunderte. Sie kamen von allen Seiten. Erst dachten wir, sie explodieren und reißen uns in den Tod, doch sie sind einfach lautlos an uns vorbei geschlichen, haben uns gar nicht beachtet. Sie haben sich in einer großen Menge um den Kirchturm versammelt. Das ganze Dorf war voll von ihnen. Und dann sind sie explodiert, alle gleichzeitig. Es ... es war schrecklich!"

„Ihr lebt", ruft Primo. „Das ist die Hauptsache! Artrax hat vielleicht unser Dorf zerstört, aber wir lassen uns von ihm nicht unterkriegen!"

Doch die anderen scheinen seine Begeisterung nicht zu teilen. „Wo sollen wir denn jetzt hin?", fragt

Kaus, der Bauer. „Unsere Felder sind zerstört. Wir haben kein Dach über dem Kopf und nichts zu essen. Wie sollen wir da überleben? Was die Knallschleicher nicht geschafft haben, das werden Nachtwandler und Knochenmänner für sie erledigen!“

„Wir werden schon einen Weg finden!“, sagt Primo. Doch die Zuversicht, die er eben noch empfand, ist wie weggeblasen.

„Heute Nacht könnt ihr erst einmal bei uns bleiben“, sagt Ruuna. „Dann sehen wir weiter.“

„Bei euch?“, fragt Primo erstaunt. „Wie sollen wir denn alle in eure Hütte passen?“

„Komm herein, dann zeig ich es dir“, sagt die Hexe. Primo folgt ihr ins Innere. In einer Ecke ist neuerdings eine Falltür im Boden eingelassen. Eine Leiter führt in einen Kellerraum, aus dem ein beißender Geruch aufsteigt. Als Primo Ruuna nach unten folgt, stellt er fest, dass der Raum unter der Hütte viel größer ist als die Hütte selbst. Regale an den Wänden sind vollgestopft mit Büchern, Pilzen, Kräutern und anderen Zutaten. Auf mehreren Tischen stehen Dutzende Glaskolben, wie Ruuna sie für ihre Zaubertränke benutzt. Einige blubbern, aus anderen steigen übelriechende Dämpfe auf.

„Das ist mein Geheimlabor!“, erklärt sie stolz. „Hier ist Platz genug für alle!“

Primo blickt sich skeptisch um. Der Raum scheint tatsächlich groß genug für alle Dorfbewohner zu sein, aber mehr als eine Nacht möchte er hier nicht verbringen. Der Geruch ist kaum zu ertragen, und er hat das Gefühl, dass jeden Moment einer der brodelnden Glaskolben explodieren könnte. Deshalb ist er froh, als er wieder aus der Hütte ins Freie treten kann.

Unter den Dorfbewohnern ist inzwischen eine Diskussion darüber entbrannt, was zu tun ist.

„Wir müssen das Dorf wiederaufbauen!“, schlägt Olum vor.

„Aber wir wissen doch gar nicht, wie das geht“, widerspricht Kaus. „Oder hast du etwa schon mal ein Haus gebaut?“

„Das kann doch nicht so schwierig sein“, erwidert der Fischer.

„Selbst, wenn wir es könnten“, meldet sich Golinas Vater Bendo zu Wort, „Dieser Dämon aus der Unterwelt würde es wahrscheinlich gleich wieder zerstören, kaum dass wir es wiederaufgebaut haben.“

„Er ist ein Enderman, kein Dämon, und er kommt aus dem Ende, nicht aus dem Nether“, stellt Primo richtig. Aber er muss zugeben, dass Bendo recht hat: Artrax könnte jederzeit erneut eine Armee von Knallschleichern zusammenrufen und das Dorf ein zweites Mal zerstören. Primo hat keinen Zweifel daran, dass der zornige Enderman genau das auch tun wird.

„Wir könnten vielleicht Löcher in die Erde graben und darin wohnen“, schlägt Kolles Mutter Delfina vor. „Die können die Knallschleicher nicht in die Luft sprengen!“

„Spinnst du?“, ruft Olum. „Ich lebe doch nicht in einem Erdloch wie ein … wie ein Erdlochbewohner!“

„Es hat keinen Sinn!“, ruft Kaus verzweifelt. „Unser Dorf ist verflucht! Wir können dort nicht bleiben. Wir müssen irgendwo anders hingehen und uns eine neue Heimat suchen!“

„Wir könnten ins Wüstendorf umziehen“, schlägt Margi vor. „Wenn wir noch ein paar zusätzliche Häuser errichten, wäre dort Platz genug für alle.“

„Du vergisst, dass uns der Dorfpriester für alle Zeiten verboten hat, dorthin zurückzukehren“, wendet Kolle ein.

„Ach was“, widerspricht Margi. „Wumpus ist ein Griesgram, aber angesichts einer solchen Katastrophe kann er uns kaum seine Hilfe verweigern.“

„Kommt nicht infrage!“, ruft Magolus. „Auf keinen Fall bitte ich diesen elenden Ketzer um Hilfe!“

„Hast du vielleicht eine bessere Idee?“, fragt Porgo.

„Notch wird uns schon helfen!“, sagt der Priester. „Wir müssen nur auf ihn vertrauen und beten, dann wird alles wieder gut!“

Doch diese Lösung überzeugt niemanden so richtig. Primo und Kolle beratschlagen kurz, ob sie nicht stattdessen in dem fernen Dorf in der Nähe des Dschungels Zuflucht suchen könnten, wo sie erfuhren, wie man einen Golem baut. Der dortige Priester Laudatus war jedenfalls wesentlich freundlicher als Wumpus. Doch das Dorf ist viel weiter entfernt als das Wüstendorf, und es ist unwahrscheinlich, dass sie alle eine solch lange Reise unbeschadet überstehen würden.

Schließlich stimmen sie ab. Eine überwältigende Mehrheit der Dorfbewohner ist dafür, zum Wüstendorf zu gehen und die Bewohner dort um Hilfe zu bitten. Nur Magolus und seine enge Vertraute Birta wehren sich bis zuletzt gegen diese Entscheidung. Doch schließlich müssen sie klein beigeben. So ist es entschieden, dass sie sich am nächsten Morgen erneut auf den beschwerlichen Weg zum fernen Wüstendorf machen.

5. Primos Plan

In der Nacht liegt Primo lange wach. Das liegt nicht nur an dem dichten Gedränge in Ruunas Geheimlabor, den übelriechenden Dämpfen und Magolus' lautem Schnarchen. Er muss immer wieder über die Kette der Ereignisse nachdenken, die zu diesem Schlamassel geführt hat. Wie harmlos alles begann: Mit einem Streich von Golina, die sich nach einem dummen Streit auf dem Kirchturm versteckte. Aber Primo reagierte über und ging mit Kolle in den Nether, um sie dort zu suchen. Dann war er dumm genug, dieses verfluchte Ei von dort mit ins Dorf zu bringen, und rief dadurch Artrax auf den Plan. Zwar gelang es ihm, das Ei zurück ins Ende zu bringen und damit die Gefahr, die davon ausging, abzuwenden, doch seitdem ist der Enderman sein Todfeind. Dass Primo ihn bei seinem letzten Angriff auf das Dorf mit dem Diamantschwert schwer verletzte, macht die Sache auch nicht besser.

Mit anderen Worten: Niemand anderes als Primo ist an der ganzen Katastrophe schuld. Wie könnte es auch anders sein? Er ist einfach ein Unglücks... Primo sucht nach einem passenden Begriff. Welches Tier könnte man mit Unglück in Verbindung bringen? Er denkt an das Huhn in der Kiste mit dem Heiligen Buch, das ihm bei seinem ersten Abenteuer Ärger eingebracht hat. Ja, das passt: Er ist ein Unglückshuhn! Er zieht die Katastrophen geradezu an wie ein ... was auch immer. Es wäre für alle das Beste, wenn er das Dorf verließe, und zwar für immer. Vielleicht könnte er dabei auch das Problem mit Artrax ein für alle Mal lösen ...

Er denkt noch eine Weile darüber nach, dann fasst er einen Plan. Leise hebt er Golinas Arm an, den diese im Schlaf über seine Brust gelegt hat, steht auf und schleicht sich zur Leiter an der Wand des Labors. Noch einmal betrachtet er seine Freundin, die friedlich schlummert, und die Kehle schnürt sich ihm zu. Seine Knie werden weich, und beinahe bringt er nicht die Kraft auf, seinen Plan in die Tat umzusetzen. Doch dann reißt er sich zusammen und klettert lautlos die Leiter hinauf. Oben schlafen Ruuna und Willert in ihren Betten. Es gelingt Primo, sich aus der Hütte zu schleichen, ohne dass die beiden aufwachen.

Silbriges Mondlicht dringt durch die Lücken im dichten Blätterdach. Vor der Hütte steht Asimov. Mina hat sich auf seinem Kopf zusammengerollt wie eine Pelzmütze. Als sich Primo nähert, schlägt sie ihre grünen Augen auf und stößt ein leises Miau aus. Asimov dreht den Kopf.

„Kannst du auch nicht schlafen?“, fragt der Golem. „Oder hast du etwa wieder von irgendwelchen bevorstehenden Katastrophen geträumt?“

Primo schüttelt den Kopf. „Ich gehe weg“, sagt er. Es fällt ihm schwer, es auszusprechen.

„Das kann ich verstehen“, sagt der Golem und nickt, so dass Mina von seinem Kopf rutscht und mit einem empörten Miau im Gras landet. „Ups! Entschuldige, Kleine.“ Er streckt einen Arm aus, so dass die Katze daran heraufklettern und sich wieder auf seinen Kopf setzen kann. Dann wendet er sich wieder an Primo. „Mir reicht's auch mit diesen ganzen Idioten da drin.“ Er zeigt auf die Hütte.

„Das ist es nicht“, widerspricht Primo. „Ich bin die Ursache der ganzen Probleme des Dorfs. Ich gehe weg, damit die anderen in Frieden leben können.“

„He, Moment mal! Wenn hier einer das Recht hat, trübsinnig zu sein, dann doch wohl ich! Und wieso glaubst ausgerechnet du, an allem schuld zu sein? Mir kommt es so vor, als seist du der einzige von euch Gurkennasen, der ein bisschen Verstand besitzt.“

„Von wegen!“, sagt Primo und erklärt dem Golem, wie das Problem mit Artrax entstanden ist und was er vorhat.

„Verstehe“, sagt Asimov. „Ich gebe zu, das klingt plausibel. Natürlich können da ein paar Dinge schiefgehen. Und Dinge, die schiefgehen können, tun das meistens auch."

„Ja, wahrscheinlich löse ich bloß wieder eine noch größere Katastrophe aus", sagt Primo resignierend und überlegt, ob er seinen Plan abbrechen und sich einfach wieder zu den anderen in den Keller schleichen soll. Aber dieser Gestank da drin ... Und außerdem, was immer er tut, eine Katastrophe gibt es ohnehin. Ihm bleibt nichts anderes übrig, als sich zu bemühen, das Beste für das Dorf zu tun.

„Egal", sagt er entschlossen. „Ich muss es wenigstens versuchen."

„Gut", stimmt der Golem zu. „Ich komme mit."

„Was? Aber das geht doch nicht! Du musst hierbleiben. Die anderen brauchen dich!"

„Die brauchen mich? Und wozu? Als Dekoration? Um sich über mich lustig zu machen? Um mir alberne, sich widersprechende Befehle zu geben? Ich wette, wenn ich hierbleibe, muss ich bloß wieder sinnlos durch die Wüste rennen! Nein danke, da komme ich lieber mit dir."

„Aber wenn wieder Monster angreifen ..."

„Die anderen haben doch deinen Freund Kolle. Außerdem, wenn dein Plan klappt, ist das Dorf sicher. Also kann ich am meisten für die Sicherheit des Dorfes tun, wenn ich dir helfe. Ist doch logisch, oder?"

„Na gut, von mir aus. Aber was ist mit Mina?“

„Die kommt natürlich auch mit. Eine Katze dabei zu haben, ist immer hilfreich.“

Da ist sich Primo nicht so sicher, aber er ist von Asimovs Hilfsbereitschaft gerührt und will ihm nicht widersprechen. Also marschieren sie durch die Dunkelheit zwischen den Bäumen bis zum Waldrand und von dort über die große Ebene Richtung Osten. Primo vermeidet es, in die Richtung zu sehen, in der das Dorf lag.

Als der Morgen graut, haben sie den Ostfluss bereits hinter sich gelassen und durchqueren den großen Wald auf der anderen Seite. Doch anders als bei seiner letzten Reise wendet sich Primo nicht nach Norden, in Richtung des Wüstendorfs, sondern nach Süden. Gegen Mittag erreichen sie das steile Gebirge, das er bereits einmal mit Kolle überquert hat. In der Ferne erkennt Primo den in der Luft schwebenden Felsen, dessen Anblick ihn immer noch in Erstaunen versetzt, obwohl Kolle nichts dabei fand.

„Jetzt lauf ich schon wieder sinnlos in der Gegend herum!“, stöhnt der Golem. Als er Primos Blick bemerkt, fügt er rasch hinzu: „Aber wenigstens bekomme ich hier keinen Sand in die Gelenke.“

Sie überqueren das Gebirge und erreichen einen steilen Abhang. An seinem Fuß windet sich ein breiter Fluss, der weiter östlich ins Meer mündet.

Primo erinnert sich noch, dass sie den Fluss durchquert haben und dann querfeldein gelaufen sind. Doch damals hatten sie ein Enderauge, das sie zu der verborgenen Festung geführt hat, in der das Endportal verborgen war.

Dieses Portal ist das Ziel von Primos jetziger Reise, die seine letzte sein wird. Denn sein Plan ist es, noch einmal ins Ende zu gehen, den Ort, an dem die Endermen wohnen, und sich dort seinem Erzfeind zu stellen. Wenn er Artrax im Zweikampf besiegen kann, ist das Dorf in Sicherheit. Wenn er dabei umkommt, hat der Enderman zumindest seine Rache gehabt und lässt die anderen vielleicht in Ruhe. So oder so ist Primos Schicksal besiegelt, denn aus dem Ende gibt es keine Rückkehr, es sei denn, man tötet den Enderdrachen. Und selbst, wenn Primo dazu in der Lage gewesen wäre, was er ganz bestimmt nicht ist, er würde es nicht übers Herz bringen, Seiner Singularität und den anderen Endermen so etwas anzutun. Also wird er sich für das Dorf opfern, um all das Unheil, das er über seine Freunde gebracht hat, wiedergutzumachen.

Doch dazu muss er zuerst das Portal wiederfinden. Diesmal hat Primo bloß seine Erinnerung. Alles, was er noch weiß, ist, dass die Höhle, unter der sich die Festung befindet, am Meeresstrand lag. Wenn er den Fluss überqueren und einfach an der Küste entlang wandern würde, müsste er eigentlich irgendwann dorthin kommen. Aber da ist noch das Problem mit Asimov.

„Du weißt schon, dass ein Golem nicht schwimmen kann, oder?“, fragt dieser, als würde er Primos Gedanken erahnen. „Ich meine, auch sonst können wir Golems nicht besonders viel, und das Wenige, das wir können, können wir nicht sehr gut. Aber schwimmen, das können wir ganz besonders gar nicht.“

„Ich weiß“, sagt Primo. Er überlegt, ob er eine Brücke über den Fluss bauen könnte, aber der erscheint ihm dafür zu breit und zu tief. „Wir müssen eben eine Furt suchen.“

Die einzige Möglichkeit ist es, dem Flusslauf am westlichen Ufer zu folgen, wobei sie über steile Felsabhänge klettern müssen. Doch eine Furt ist weit und breit nicht in Sicht. Erst, nachdem die Sonne den Zenit längst überschritten hat, erreichen sie das Ende des Flusses.

„Und jetzt?“, fragt der Golem.

„Jetzt gehen wir am anderen Ufer wieder zurück“, erklärt Primo.

„Na toll!“, seufzt Asimov. „Großartig. Wirklich fantastisch. Geradezu sensationell! Ich kann mir kaum etwas Besseres vorstellen als ständig planlos in der Gegend herumzuirren. Offensichtlich ist das die liebste Freizeitbeschäftigung von euch Knollnasen."

„Du hättest nicht mitkommen müssen", stellt Primo fest.

„Ja, ich weiß, natürlich bin ich selbst schuld. Aber die anderen rennen ja genauso planlos in der Gegend rum, da ist es eigentlich auch egal." Und dann grummelt er leise vor sich hin: „Tausend Jahre. Nur noch tausend Jahre, dann bin ich endlich verrostet ..."

Als die Sonne untergeht, erreichen sie endlich wieder die Stelle, an der sie das Gebirge überquert haben. Der Fluss macht eine Biegung nach rechts, Richtung Osten, dem offenen Meer entgegen. Primo folgt wendet sich in diese Richtung.

„Wollen wir nicht langsam einen Platz für die Nacht suchen?", fragt Asimov.

„Ich dachte, Golems schlafen nie", erwidert Primo.

„Ich meine ja bloß", sagt der Golem und zuckt mit seinen metallenen Schultern.

Primo ist tatsächlich sehr müde, doch er denkt nicht an Schlaf. Je eher er die Sache hinter sich bringt, umso besser. Wozu schlafen, wenn er den nächsten Sonnenuntergang ohnehin nicht mehr erleben wird?

Die beiden stapfen am Ufer entlang, wobei Asimov darüber grummelt, dass seiner Ansicht nach die sandige Meeresküste das Schlimmste aus Wüste und Wasser in sich vereint.

Es stellt sich heraus, dass der Weg an der Küste länger ist als der direkte Weg durch den Wald, den sie das letzte Mal genommen haben. Jedenfalls dauert es bis zum Abend des folgenden Tages, bis sie endlich die Höhle erreichen, unter der sich die Festung befindet.

Primo erweitert den Schacht, den sie damals in die Erde gegraben haben, zu einer Treppe, so dass der Golem ihm in die Tiefe folgen kann. Bald betreten sie die uralte Festung. Ein paar neue Monster haben sich in den Ruinen angesiedelt, doch gegen die Kraft des Golems und Primos Diamantschwert können sie wenig ausrichten.

Als Primo jedoch den Raum mit dem Endportal erreicht, erlebt er eine böse Überraschung: Vor den Stufen, die hinauf zu der wabernden Fläche des Portals führen, steht eine schwarze Gestalt, die ihn mit violett glimmenden Augen anstarrt.

6. Flüchtlinge

Golina schreckt aus dem Schlaf. Ihre düsteren Träume von Knallschleichern, die um sie herum explodieren, verblassen nur langsam. Sie richtet sich auf und sieht sich um. Die meisten anderen schlafen noch, doch durch die Falltür über der Leiter dringt schwaches Tageslicht herein.

Wo ist Primo? Ist er schon aufgestanden und nach draußen gegangen? Warum hat er sie nicht geweckt? Mit einem unguten Gefühl springt sie auf, klettert die Leiter hinauf und tritt aus der Hütte. Draußen stehen Ruuna und Willert mit Magolus und Birta.

„Eine Unverschämtheit ist das!“, beschwert sich der Priester. „Einfach unseren Golem zu klauen!“

„Er hat ihn bestimmt nicht geklaut“, widerspricht Ruuna. „Er bringt ihn zurück, sobald er ihn nicht mehr braucht, da bin ich ganz sicher.“

„Wer bringt den Golem zurück?“, fragt Golina mit einem flauen Gefühl im Bauch.

„Primo“, sagt die Hexe. „Er ist in der Nacht verschwunden.“

„Oh nein!“ Golinas schlimmste Befürchtungen bestätigen sich. Primo ist allein aufgebrochen, um irgendwelchen Unsinn anzustellen. Und wenn er dabei den Golem mitgenommen hat, dann kann das nur bedeuten, dass er eine weite Reise vorhat.

In diesem Moment treten auch Kolle und Margi aus der Hütte. Primos bester Freund wirkt ein bisschen grün im Gesicht.

„Bist du wütend, Kolle?“, fragt Golina.

„Nein. Mir ist nur ein wenig schlecht. Die Dämpfe da unten in Ruunas Labor ...“

„Dämpfe? Was für Dämpfe? Du meinst doch nicht etwa meine Zaubertränke? Die sind völlig harmlos und absolut nicht gesundheitsschädlich“, verteidigt sich die Hexe. „Und falls doch, braue ich dir einfach einen Heiltrank. Soll ich ...“

„Nein danke“, sagt Kolle schnell.

„Hat er dir etwas gesagt?“, fragt Golina.

„Wer? Was? Wie?“

„Primo. Er ist heute Nacht verschwunden und hat Asimov mitgenommen.“

„Er ist weg? Ohne mich? Das bedeutet nichts Gutes!“

„Was meinst du?“, fragt Golina erschrocken.

„Du kennst doch Primo! Er meint es gut, aber er denkt immer, dass er alles selbst in Ordnung bringen muss. Bestimmt gibt er sich allein die Schuld an dem Angriff auf das Dorf.“

„Und was, denkst du, hat er vor?“

„Ich weiß es nicht. Vielleicht ist er schon zum Wüstendorf vorgegangen, um Wumpus um Hilfe zu bitten. Oder ...“

„Oder was?“

„Oder er versucht auf eigene Faust, Artrax endgültig zu besiegen.“

„Aber wie sollte er das tun? Wie will er den Enderman denn finden?“

Kolle zuckt mit den Schultern. „Keine Ahnung.“

„Auf jeden Fall werde ich ihn suchen“, beschließt Golina. Sie sattelt ihr Pferd und springt auf.

„Warte, ich komme mit!“, ruft Margi. Zu Kolle sagt sie: „Macht ihr euch schon mal auf den Weg zum Wüstendorf. Wir holen euch später ein.“

Kolle sieht nicht so aus, als sei er von dem Vorschlag begeistert. „Was, wenn euch etwas passiert?“

„Typisch Jungs, glauben immer, sie müssten uns beschützen“, sagt Golina zu Margi. „Dabei sind sie es, die dauernd in Schwierigkeiten geraten.“

„Wir passen schon auf“, ruft Margi ihrem Freund zu.

Bevor dieser weitere Einwände erheben kann, reiten die beiden los. Als Erstes kehren sie zum Dorf zurück. Bei Tageslicht sieht die Zerstörung noch schlimmer aus als in der Nacht, als sie vor den Knallschleichern flohen. Golinas Kehle schnürt sich zu, als sie an der Stelle vorbei reitet, an der das Haus ihrer Eltern stand. Gegenüber war die Schmiede von Primos Vater Porgo, auch dort ist jetzt nur noch ein flaches Loch im Boden. Von Primo oder dem Golem ist nirgends eine Spur zu sehen.

Sie wenden sich nach Osten und überqueren die Ebene, dann steigen sie von ihren Pferden und klettern auf die südlichen Berge. Von hier oben hat man einen guten Überblick über die ganze Gegend, doch von Primo ist keine Spur zu sehen.

„Sieh mal, da unten sind die anderen!“, sagt Margi und zeigt auf den Zug der Dorfbewohner, die die Ebene entlang wandern und den Ostfluss schon fast erreicht haben. „Sollten wir nicht lieber zu ihnen stoßen?“

„Reite du zu ihnen, wenn du willst“, sagt Golina. „Ich suche weiter nach Primo.“

„Dann komme ich mir dir.“

Sie klettern den Hang hinab und reiten nach Westen bis zu dem Felsüberhang, von dem ein Lavafall in einen kleinen Teich stürzt. Hier hat Golina Artrax gegenüber gestanden und ihm in die Augen geblickt. Sie springt vom Pferd und beugt sich über das Loch im Boden, unter dem die alte Festung liegt. Wenn Artrax sich irgendwo versteckt, dann höchstwahrscheinlich da unten.

„Primo?“, ruft sie hinein. „Primo! Bist du hier?“

Doch sie erhält keine Antwort. Es bleibt ihr wohl nichts übrig, als hinab in die Dunkelheit zu steigen und ihn dort unten zu suchen.

„Hier ist er nicht“, sagt Margi sanft.

Golina dreht sich wütend zu ihr um. „Und woher willst du das wissen?“, schnappt sie.

„Ganz einfach“, erwidert Margi ruhig. „Der Golem passt nicht durch das Loch dort. Wenn er da unten wäre, müsste Asimov also hier oben sein.“

„Du hast recht“, sagt Golina, erleichtert, dass sie nicht in das Loch voller Monster klettern muss. Doch dann bekommt sie einen gewaltigen Schreck, als ihr plötzlich klar wird, was Primo vorhat. „Oh nein!“, ruft sie und bricht in Tränen aus.

„Was ist denn?“, fragt Margi bestürzt. „Was hast du auf einmal?“

„Er ... er will noch einmal ... ins Ende gehen!“, schluchzt Golina. „Erinnerst du dich? Als wir hier gegen Artrax gekämpft und so getan haben, als hätten wir das Ei bei uns, ist er mit Kolle bei der anderen Festung gewesen. Dort haben sie das Portal geöffnet, damit Primo ins Ende gehen und das Ei zurückbringen konnte. Was, wenn er noch einmal dorthin will?“

„Warum sollte er ins Ende gehen wollen?“

„Um sich Artrax zum Kampf zu stellen. Das Ende ist doch der Ort, von dem die Endermen kommen.“

„Aber aus dem Ende gibt es keine Rückkehr!“, ruft Margi entsetzt aus.

„Eben! Wir müssen ihn aufhalten!“

Margi schüttelt den Kopf. „Dazu ist es zu spät. Wir wissen ja nicht einmal, wo diese andere Festung ist.“

„Kolle weiß es!“

„Kolle ist mit den anderen zum Wüstendorf aufgebrochen.“

„Dann müssen wir zu ihnen!“

So schnell sie können, reiten die beiden nach Osten. Als sie die Wüste erreichen, sehen sie in der Ferne den Zug der Dorfbewohner, die sich erschöpft durch den Sand kämpfen. Die Sonne geht bereits unter.

„Wollt ihr nicht anhalten und einen Unterschlupf für die Nacht errichten?“, fragt Margi Magolus, als sie die Gruppe erreichen. Der Priester trottet müde hinter den anderen her.

„Frag das nicht mich“, sagt Magolus. „Auf mich hört hier ja sowieso keiner mehr.“

Golina und Margi reiten an die Spitze des Zugs, der von Porgo, Willert, Ruuna und Kolle angeführt wird.

„Wir haben beschlossen, die Nacht durchzuwandern“, sagt Willert auf Margis Frage. „Falls sich uns Monster nähern, werden sich Kolle und Ruuna darum kümmern. Notfalls haben auch Porgo und ich unsere Schwerter griffbereit. Je eher wir beim Wüstendorf sind, desto besser.“

„Kolle, wo liegt die Festung, in der das Endportal ist?“

„Warum willst du das wissen?“

„Ich fürchte, dass Primo dorthin gegangen ist, um ins Ende zurückzukehren und Artrax zum Kampf herauszufordern.“

Kolle wird blass. „Bei Notch, das wäre ihm zuzutrauen! Aber das würde bedeuten ... Oh je! Der arme Primo!“

„Wir müssen ihn aufhalten!“, ruft Golina.

Kolle schüttelt den Kopf. „Das schaffen wir nicht. Er hat zu viel Vorsprung. Selbst mit den Pferden würdet ihr ihn nicht einholen. Außerdem weiß ich nicht mehr genau, wo diese Festung liegt. Letztes Mal hatten wir ein Enderauge, das uns den Weg gewiesen hat. Ohne das glaube ich nicht, dass ich den Ort noch einmal wiederfinden würde.“

„Dann ... dann ist Primo verloren“, schluchzt Golina.

Margi reitet dicht neben sie und nimmt sie in den Arm. „Gib die Hoffnung nicht auf!“, tröstet sie ihre Freundin. „Wenn Kolle die Festung nicht finden würde, dann findet sie Primo ja vielleicht auch nicht.“

Golina hört auf, zu schluchzen. „Meinst du?“

„Klar. Außerdem hat er schon eine Menge Abenteuer unbeschadet überstanden. Und er hat ja Asimov dabei. Ihm wird schon nichts passieren.“

Golina holt tief Luft. „Vielleicht hast du recht. Na, wenn der nach Hause kommt, kann er was erleben!“ Dann fällt ihr wieder ein, dass sie kein Zuhause mehr haben.

Schweigend reiten die beiden neben dem Zug der Dorfbewohner durch die Nacht. Plötzlich ertönt von Links das *Unngh* eines Nachtwandlers, der hinter einer Düne hervorkommt und mit ausgestreckten Armen auf sie zu wankt.

„Hilfe, ein Monster!“, ruft Kaus entsetzt. Panik breitet sich unter den anderen aus.

„Den übernehme ich!“, ruft Margi.

„Du?“, fragt Kolle. „Aber du hast doch nicht mal ein Schwert! Wie willst du denn ...“

Bevor er weiterreden kann, prescht Margi vor und galoppiert genau auf den Nachtwandler zu. Als sie ihn erreicht, bäumt sich ihr Pferd auf und lässt seine Hufe auf das Monster herabkrachen. Der Nachtwandler fällt zu Boden und löst sich auf. Jubel brandet unter den Dorfbewohnern auf.

Die ganze Nacht über reiten Margi und Golina um die Gruppe herum und attackieren Monster, bevor diese auch nur in die Nähe der anderen kommen. Die Hufe der Pferde erweisen sich als äußerst wirkungsvolle Waffen, und sie sind so schnell, dass sie den Pfeilen der Knochenmänner mühelos ausweichen können. So erreichen sie das Wüstendorf im Morgengrauen, ohne dass Kolle auch nur ein einziges Mal seine Nachtwandlerkraft hätte einsetzen müssen.

Die Morgensonne taucht die Häuser und den Kirchturm, die aus gelbem Sandstein bestehen, in warmen Glanz, so dass sie aussehen, als wären sie aus Gold. Nach den Strapazen der Reise kommt Golina das Wüstendorf wie ein wunderschöner, magischer Ort vor. Endlich haben sie eine Zuflucht gefunden!

Als erstes entdeckt ein Bauer, der gerade Getreide aussät, die Neuankömmlinge. Er stößt einen erschrockenen Laut aus, dann rennt er davon, als habe er Angst. Golina sieht ihn in der Kirche verschwinden. Kurz darauf kommen Wumpus und mehrere andere Dorfbewohner auf sie zu. Auch den Golem haben sie dabei.

„Was wollt ihr hier?“, ruft Wumpus. „Ich habe doch klar gesagt, dass ihr euch hier nie wieder blicken lassen sollt! Verschwindet gefälligst, bevor ich den Golem auf euch hetze!“

„Wir brauchen eure Hilfe“, sagt Kolle. „Unser Dorf wurde von Knallschleichern zerstört.“

„Na und? Nicht unser Problem!“

„Aber wir wissen nicht, wo wir sonst hingehen sollen“, sagt Margi. „Können wir nicht eine Weile hierbleiben?“

Bevor Wumpus antworten kann, tritt Magolus vor. „Ich möchte auch etwas sagen."

„Ach ne, du schon wieder!", sagt Wumpus. „Bist du etwa zum Kuchenessen hergekommen?" Er lacht hämisch.

Magolus fällt es sichtlich schwer, zu sprechen. „Ich ... ich möchte mich bei dir entschuldigen."

„Entschuldigen?", fragt Wumpus. „Wofür denn?"

„Dafür, dass ich dich einen Ketzer genannt habe."

„Du gibst also zu, dass das mit dem Heiligen Kuchen Blasphemie war und in der Kirche ausschließlich Heiliges Brot verteilt werden darf?"

„Das habe ich nicht gesagt!", empört sich Magolus. „Natürlich ..." Doch dann bremst er sich selbst. „Es ... es ist doch nicht so wichtig, mit welchen Ritualen wir Notch ehren. Jedes Dorf hat eben seine eigene Tradition. Hauptsache, wir alle dienen demselben Schöpfer."

„Hrm. Nun gut", sagt Wumpus. „Ich nehme deine Entschuldigung an."

Golina, die die ganze Zeit die Luft angehalten hat, atmet erleichtert aus.

„Aber ihr könnt nicht hierbleiben", fährt Wumpus fort.

„Was?", fragt Margi. „Warum denn nicht?"

„Wir haben nicht genug Platz. Einen solchen Ansturm können wir einfach nicht verkraften.

Wahrscheinlich wollt ihr auch etwas essen, und dann haben wir selber nicht mehr genug. Und überhaupt, woher sollen wir denn wissen, dass euer Dorf wirklich zerstört wurde? Vielleicht habt ihr es ja bloß auf unser Brot abgesehen."

Margis Stimme bebt vor Zorn. „Du glaubst ernsthaft, wir haben die lange Reise auf uns genommen und mitten in der Nacht die Wüste durchquert, nur um euch euer Brot wegzunehmen?"

„Auf jeden Fall müssen wir erst mal prüfen, ob ihr überhaupt ein Bleiberecht habt!", sagt Wumpus. „Da könnte ja sonst jeder kommen! Bis wir sichergestellt haben, dass eure Angaben stimmen, müsst ihr zurück in die Wüste und ..."

„Was ist denn hier los?", erklingt die Stimme einer Frau im Gewand einer Bauersfrau. „Um Notchs Willen, Margi! Was ist denn passiert?"

„Das Dorf am Rand der Schlucht wurde bei einem Angriff von Knallschleichern zerstört", erklärt Margi. „Da wollten wir fragen, ob wir ..."

„Was gibt es da zu fragen?", erwidert die Frau. „Natürlich könnt ihr bleiben! Kommt erst mal mit zu mir. Ich kann zwar nicht euch alle bei mir unterbringen, aber ich rede mal mit meinen Nachbarn. Wir schaffen das schon!"

„Aber so geht das doch nicht, Karo!", protestiert Wumpus. „Wo bleiben denn da Recht und Ordnung?

Wir können doch nicht einfach jeden in unser Dorf lassen, bloß weil er behauptet, er bräuchte Hilfe! Am Ende sind mehr Fremde in unserem Dorf als Einheimische! Wie sollen wir das verkraften?"

„Ach, halt einfach den Mund, du alter Griesgram!"

Die freundliche Frau namens Karo macht den Flüchtlingen ein Zeichen, ihr zu folgen. Sie führt sie zu einem Bauernhaus. Von allen Seiten kommen Bewohner des Wüstendorfs hinzu. Sie bringen mit, was sie an Vorräten übrig haben: Brot, Eier, gebratenes Hühnchen, frischen Fisch und sogar einen Kuchen. Daun, der Schäfer des Wüstendorfs, bringt mehrere Ballen Wolle, aus denen sie Schlafmatten für die Nacht herstellen. Dann beratschlagen die Wüstendorfbewohner, wer wen bei sich unterbringen kann. Schnell finden sich Gastgeber und Gäste zusammen. Hakun, der Fleischer, übernachtet zum Beispiel bei seinem Kollegen Schaschli, mit dem er die besten Rezepte für gebratenes Rindfleisch austauscht. Olum freundet sich mit der Fischerin Ariela an und erklärt ihr seine Tricks, wie er erkennt, wo die besten Stellen zum Angeln sind. Bendo und Agia kommen bei dem Bauern Trakto und seiner Frau unter und diskutieren über den besten Zeitpunkt für die Getreideernte. Kolle, Margi und Golina übernachten bei Karo. Am Ende gibt sich sogar Wumpus hilfsbereit und bietet

Magolus und Birta an, mit ihm in der Dorfkirche zu übernachten.

Am Abend sind die Flüchtlinge auf das ganze Dorf verteilt. In nahezu jedem Haus gibt es einen oder mehrere Gäste. Bis tief in die Nacht werden angeregte Gespräche über erlebte Abenteuer und Gemeinsamkeiten und Unterschiede zwischen den Gebräuchen der beiden Dörfer diskutiert.

Golina ist zutiefst gerührt von der Hilfsbereitschaft der Wüstendorfbewohner. Doch ihre Gedanken wandern immer wieder zu Primo. Wo mag er wohl jetzt sein?

7. Pilze

„Na warte, du Scheusal!“, ruft Asimov. „Jetzt kriegst du Ärger!“

Der Golem will sich mit rudernden Armen auf den Enderman stürzen, doch Primo ruft: „Halt, warte!“

„Was denn? Der Typ da hat unser Dorf kaputt gemacht! Das darf man nicht! Und das erklär ich ihm jetzt mal in Golemsprache. Die geht so: Ein Kinnhaken bedeutet ‚Lass das sein‘, zwei Kinnhaken bedeuten ‚Mach das nie wieder‘, drei Kinnhaken ...“

„Er war es nicht“, sagt Primo. Er weiß selbst nicht genau, woher er das weiß, aber der Enderman vor ihm ist nicht Artrax.

„Nicht?“, fragt Asimov erstaunt. „Aber ... Na ja, wenn du es sagst ...“

Primo atmet tief durch, dann sieht er dem Enderman in die Augen. Die Welt um ihn herum verschwimmt in einem violetten Wabern, und eine heisere Stimme erklingt: „Mein Name ist $H_e(r)=m/e^s$. Ihre Singularität schickt mich, um dich zu warnen. Dein Plan hat keine Aussicht auf Erfolg. Du kannst $A=R_t(r)*a^x$ nicht überwinden. Jedenfalls nicht im Kampf.“

„Das ist mir egal“, erwidert Primo. „Soll er mich eben töten. Wenigstens hat er dann seine Rache bekommen und wird die anderen Dorfbewohner hoffentlich in Ruhe lassen."

„Dies ist keine Lösung des Problems", widerspricht der Enderman, dessen Name wie Hermes klingt. „Wenn du das Ende betrittst, gibt es keine Rückkehr für dich. Doch dein Opfer wäre vergebens. $A=R_t(r)*a^x$ hat seinen Plan, die Welt endgültig zu zerstören, nicht aufgegeben. Wenn er dies nicht mit Hilfe des Dracheneis tun kann, wird er nach anderen Wegen suchen."

„Aber ... aber was soll ich denn sonst tun?", fragt Primo verzweifelt.

„Nur einer kann dir jetzt noch helfen", erwidert Hermes. „Der weise Mann bei den Pilzen."

„Der weise Mann bei den Pilzen? Ich habe nie von ihm gehört."

„Er lebt auf einer Insel fern von hier. Du würdest viele Tage brauchen, um mit dem Boot zu ihm zu gelangen. Doch es gibt einen schnelleren Weg. Seine Singularität hat mich in seiner Weisheit ermächtigt, dich dorthin zu bringen. Er sagte, dort seist du auf dich allein gestellt. Du müssest den alten Mann finden und ihn um Hilfe bitten. Dies sei die einzige Lösung aller Gleichungen dieses Problems."

„Gut, okay", sagt Primo, der gelernt hat, dem Rat des obersten Endermans zu vertrauen. „Aber was ist mit Asimov? Kann er mitkommen?"

„Nein, das ist nicht möglich. Ich kann einen Golem nicht teleportieren."

Primo schluckt. „Du ... du willst mich teleportieren?"

„Ja. Das ist die einzige Möglichkeit, schnell dorthin zu kommen."

„Na gut. Gib mir einen Moment, um mit Asimov zu sprechen."

Er schließt die Augen, um den Kontakt zu dem Enderman zu unterbrechen, öffnet sie wieder und wendet sich dem Golem zu. „Dieser Enderman wird mich auf eine ferne Insel teleportieren", erklärt er. „Du kannst leider nicht mitkommen."

„Was? Muss ich jetzt etwa den ganzen Weg wieder zurücklaufen? Na, war ja eigentlich klar!"

„Es tut mir leid. Du hast mich hierher begleitet, dafür danke ich dir. Doch jetzt muss ich allein weitergehen."

„Das klingt verdächtig nach den letzten Worten eines übermütigen Abenteurers", grummelt Asimov. „Was, wenn das eine Falle ist? Woher willst du wissen, dass dieser Enderman nicht mit dem anderen unter einer Decke steckt? Vielleicht teleportiert er dich in einen Lavasee, oder auf eine ferne Insel, von der du nie wieder wegkommst."

„Das Risiko muss ich eingehen", sagt Primo.

„Na schön, ich merke schon, ich werde hier nicht mehr gebraucht“, sagt Asimov betrübt. „Komm, Mina, wir gehen.“ Mit diesen Worten stapft er durch die alte Festung davon.

Kurz, bevor er hinter einer Gangbiegung verschwindet, dreht er sich noch einmal um und hebt einen metallenen Arm. „Viel Glück, Primo! Du schaffst das schon, ganz bestimmt, irgendwie, falls nicht eine der tausend Möglichkeiten eintritt, wie das schiefgehen kann, was bei Weitem das wahrscheinlichste Ergebnis ist. Ach, ich merke schon, ich bin nicht gut darin, anderen Mut zuzusprechen. Mach dir nichts draus. Bis bald, hoffentlich!“ Damit wendet er sich ab und verschwindet hinter der Ecke.

Primo dreht sich zu Hermes um. „Ich bin bereit.“

Der Enderman macht einen Schritt auf ihn zu und legt seine langen schwarzen Arme um Primos Körper. Dann beginnt sich die Welt um ihn herum in einem wirbelnden Tanz violetter Funken aufzulösen. Ihm wird schwindelig, und er hat das Gefühl, in eine tiefe Schlucht zu fallen. Bevor er jedoch vor Schreck aufschreien kann, hat er plötzlich wieder festen Boden unter den Füßen. Der Funkenwirbel verschwindet und gibt den Blick auf eine wundersame Landschaft frei.

Primo steht auf einer langgestreckten Insel. Ringsum ragen riesige Pilze aus dem Boden. Einige haben gewölbte rote Hüte mit weißen Flecken, andere lange Stiele und flache braune Kappen. Der Boden ist mit einem weichen, graubraunen Material bedeckt, das ein wenig wie Kies aussieht, jedoch beim Laufen etwas nachgibt und federt. Am seltsamsten jedoch sind die Lebewesen, die hier herumlaufen: Sie sehen aus wie rot-weiß gefleckte Kühe, auf deren Rücken Pilze wachsen. Hin und wieder stoßen sie ein Muhen aus, das genauso klingt wie das von gewöhnlichen Kühen.

„Wo bin ich?“, fragt Primo, doch als er sich nach Hermes umdreht, ist der Enderman bereits wieder verschwunden.

Primo wandert über die Insel. Sie ist nicht besonders groß, und außer ein paar Dutzend Riesenpilzen und den seltsamen Kühen gibt es nicht viel zu sehen. Pilze wachsen hier reichlich, aber von einem „weisen Mann“ ist keine Spur zu entdecken.

„Hallo?“, ruft er. Doch zur Antwort erhält er nur das Rauschen der Wellen und das gelegentliche Muhen der Pilzkühe.

Nicht weit entfernt ist eine zweite Insel, doch auch dort sind nur Pilze und Kühe zu sehen. Außerdem traut sich Primo nicht, durch das Meer dorthin zu schwimmen, zu lebhaft ist noch die Erinnerung an das Monster mit dem einen großen Auge, dass er sah, als er bei seinem letzten Abenteuer aus dem Boot fiel.

Primo klettert auf den Hügel am einen Ende der Insel, doch so weit er sehen kann, erstreckt sich nur das Meer. Es gibt nicht einmal Bäume, aus denen er sich ein Boot bauen könnte, selbst, wenn er wüsste, wie man das macht. Er sitzt hier fest.

Aber es muss doch einen Grund geben, warum der Enderman ihn hierher teleportiert hat! Hatte Asimov am Ende recht? Steckt Hermes mit Artrax unter einer Decke und hat ihn hierher auf eine Insel verbannt, ohne Hoffnung, jemals in seine Heimat zurückzukehren?

Nein, wenn es so wäre, dann hätte er Primo gleich an Ort und Stelle töten können, oder noch besser, ihn ins Ende springen lassen, ohne jede Hoffnung auf Wiederkehr. Der weise Mann bei den Pilzen muss hier irgendwo sein!

Primo klettert den Hügel hinab. Dabei entdeckt er unten, direkt am Meeresufer, den Eingang zu einer Höhle. Zum Glück hat er ein paar Fackeln und sein Diamantschwert dabei.

Das Meeresrauschen hallt von den Höhlenwänden wieder. Hört er dazwischen das *Unngh* eines Nachtwandlers? Mit einem dieser Monster würde er problemlos fertig. Aber was, wenn es hier Schlimmeres gibt? Vielleicht sind nicht nur die Kühe, sondern auch die Monster auf dieser Insel von Pilzen befallen. Möglicherweise sind sie dadurch gefährlicher.

Doch durch Grübeln kommt er nicht weiter. Vielleicht findet er in der Höhle einen Hinweis auf den weisen Mann, der hier angeblich leben soll. Also geht er beherzt in die Finsternis, wobei er hin und wieder Fackeln an den Wänden anbringt.

Ein mehrere Blöcke durchmessender, unregelmäßiger Tunnel führt in Windungen in die Tiefe. Hin und wieder schimmert im Licht der Fackeln Eisenerz an den Wänden.

Bald kommt Primo an eine Gabelung. Nach links führt der Gang wieder aufwärts, rechts geht es weiter hinab. Er entscheidet sich für den rechten Gang.

Nur wenige Schritte weiter wird der Gang ebenerdig und gerade. Aus der Dunkelheit hört Primo das Zischen von Spinnen. Außerdem sieht er ein rötliches Glühen. Doch was ihn am meisten überrascht, ist ein Holzschild, das an dieser Stelle im Weg steht. Darauf steht: *Halt! Zutritt für Unbefugte verboten!*

Verwundert betrachtet Primo das Schild. Wer mag es dorthin gestellt haben, und was soll es bedeuten? Was ist denn ein Unbefugter? Vielleicht ein Monster? Aber wieso sollte sich ein Monster an die Anweisung auf einem Holzschild halten?

Immerhin ist das Schild ein Hinweis darauf, dass jemand hier lebt, oder jedenfalls gelebt hat. Das ist ermutigend. Da Primo kein Unbefugter ist, gilt das Schild nicht für ihn, also geht er einfach weiter. Doch nur wenige Schritte weiter steht ein weiteres Schild: *Vorsicht Sicherungsanlagen! Lebensgefahr!*

Auch diese Aufschrift erscheint Primo seltsam. Sicherungsanlagen müssten den Gang doch sicherer machen, warum also steht dort *Lebensgefahr*? Jetzt sieht er, dass der Gang in einen quadratischen Raum mündet, dessen Wände mit Moos bewachsen sind. In der Mitte steht ein kleiner brennender Käfig, der genauso aussieht wie der neben dem Endportal. Darin rotiert eine winzige Spinne um ihre Achse. Drei ausgewachsene Spinnen kriechen aus dem Raum auf Primo zu. Das also war mit *Lebensgefahr* gemeint!

Er zieht sein Schwert und schlägt auf eine Spinne ein, doch die anderen beiden greifen ihn von der Seite und von oben an. Nur mit Mühe kann er ihren langen Beinen ausweichen. Er schafft es, zwei der Tiere zu töten, bevor das dritte ihn anspringt und zu Boden wirft. Die Spinne beißt ihn in den Arm, bevor er sie ebenfalls besiegen kann.

Keuchend und mit verletztem Arm rappelt sich Primo auf. Doch in diesem Moment kommt eine weitere Spinne auf ihn zu. Während er mit dieser kämpft, erscheint bei dem brennenden Käfig noch eine. Primo begreift, dass er den Käfig zerstören muss, um die Monster endgültig zu besiegen.

Er nimmt alle Kräfte zusammen, doch sein Arm schmerzt so sehr, dass er sich kaum mehr richtig bewegen kann. Nur mit knapper Not schafft er es, die beiden Spinnen zu töten. Bevor eine neue erscheint, schlägt er mit dem Diamantschwert auf den Käfig ein. Plötzlich ertönt ein hässliches Klirren. Der Käfig zerbricht und das Feuer in seinem Inneren erlischt. Doch gleichzeitig zersplittert Primos kostbares Diamantschwert!

Oh nein! Verzweifelt starrt Primo auf das Bruchstück in seiner Hand. Nun hat er keine Waffe mehr und kann sich nicht mehr gegen Monster wehren. Um die Sache noch schlimmer zu machen, erklingt in diesem Moment ein dumpfes *Unngh* aus dem Gang hinter ihm.

Rasch befestigt er eine Fackel an der Wand und sieht sich um. Zwei Holztruhen stehen an den Wänden. Links führt eine Tür aus dem Raum. Daneben steht ein Schild: *Bitte stets geschlossen halten!* Was das wohl bedeuten mag?

Hoffnungsvoll öffnet Primo die beiden Kisten. Doch sie enthalten nur nutzloses Zeug. In der linken Kiste findet er einen rostigen Eisenbarren, zwei Knäuel Faden und vier Bündel Getreide. In der rechten Kiste sind fünf alte Knochen und drei

Holzstöcke, außerdem eine schwarze Scheibe mit einem Loch in der Mitte, deren Sinn Primo nicht erkennen kann. Kein Schwert oder sonst etwas, das ihm weiterhelfen würde.

Entmutigt geht er zur Tür und betrachtet das Schild daneben. Wie soll man durch die Tür hindurch gehen, wenn man sie niemals aufmacht? Aber was, wenn er das Schild missachtet, die Tür öffnet und damit eine Katastrophe auslöst?

Er überlegt eine Weile, erkennt schließlich, dass er keine andere Wahl hat, fasst sich ein Herz und öffnet die Tür.

8. Bitte nicht stören

Hinter der Tür liegt ein langer gerader Gang. An der rechten Wand sind mehrere Schilder angebracht. Nur das erste kann Primo im Licht seiner Fackel lesen: *Wer hier eintritt, lasse alle Hoffnung fahren.*

Was soll das nun wieder heißen? Wohin soll denn die Hoffnung fahren? Primo ignoriert die Anweisung und geht vorsichtig weiter. Auf dem nächsten Schild stehen nur zwei Worte: *Sei achtsam!* Bisher waren diese Schilder nicht sehr hilfreich. Dennoch beschließt Primo, den Hinweis zu befolgen, und sieht sich genau um. Dabei bemerkt er eine dünne Schur, die quer über den Gang gespannt ist, und drei Löcher in der linken Wand.

Er hockt sich auf den Boden und zieht vorsichtig an der Schnur. Im nächsten Moment zischen drei Pfeile gleichzeitig aus den Löchern und prallen an der rechten Wand ab. Wenn er nicht aufgepasst hätte ...

Er steckt die Pfeile ein, steigt vorsichtig über die Schnur und geht weiter. Nach ein paar Schritten ist der Gang von Metallblöcken versperrt. Davor steht eine Holzkiste mit einem Schlitz oben. An der Wand daneben hängt wieder ein Schild: *Bitte keine Werbung einwerfen!*

Primo sieht sich um und tastet die Wände ab, kann jedoch keine verborgenen Schalter oder ähnliches finden. Hier geht es nicht weiter.

Aber warum dann die Schilder? Warum die Falle mit den Pfeilen? Das ergibt nur Sinn, wenn in diesem Gang irgendetwas ist, das sich zu schützen lohnt. Also *muss* es hier irgendwie weitergehen!

Er betrachtet den seltsamen Kasten, dann das Schild an der Wand. Wenn man es logisch betrachtet, dann könnte das Schild ein Hinweis darauf sein, dass man irgendetwas einwerfen muss, nur eben keine Werbung, wobei Primo keine Ahnung hat, was „Werbung" sein soll.

Probehalber versucht er, einen Pfeil in den Schlitz zu stecken, doch die Pfeilspitze ist zu dick dafür. Auch die abgebrochene Diamantklinge passt nicht. Was Primo sonst bei sich hat, ist erst recht nicht geeignet. Aber irgendetwas muss es doch geben, das hier hinein passt!

Er kehrt zurück zu dem Raum mit den Spinnen und durchwühlt die Truhen. War da nicht irgendwo ... ja, hier ist sie: die seltsame schwarze Scheibe. Sie ist sehr dünn, vielleicht passt sie ja in den Schlitz.

Er probiert es aus, und die Scheibe verschwindet im inneren der Kiste. Plötzlich erfüllen unheimliche, fremdartige Klänge den Raum. Primo erschrickt so sehr, dass er in Panik wegläuft und sich erst im allerletzten Moment an den Fallstrick erinnert. Gerade noch rechtzeitig kann er stoppen. Er dreht sich um und sieht, dass die Metallblöcke in der Wand verschwinden und ein weiteres Stück Gang freigeben. Auch hier hängen Schilder an den Wänden.

Was soll das alles? Es hilft nichts, sich darüber den Kopf zu zerbrechen. Vorsichtig betritt er den Gang und betrachtet das erste Schild. Darauf steht: *Buchstaben sind Wörter sind Zahlen.*

Hä?

Gleich daneben hängt ein weiteres Schild, auf dem nur ein einziges Wort steht, das Primo noch nie gehört hat: *Gehfk.*

An den folgenden fünf Blöcken hängen Schilder mit je einer Zahl von eins bis fünf. Darunter ist jeweils ein Druckknopf angebracht. Das Ende des Ganges ist durch eine Tür versperrt, neben der ein weiterer Knopf angebracht ist. Das letzte Schild trägt die Aufschrift: *Bitte nicht stören!!!*

Allmählich vergeht Primo die Lust an diesen Rätselspielen. Er hat immerhin viele Strapazen auf sich genommen, um hierherzukommen. Also drückt er einfach auf den Knopf.

Das Geräusch von knirschenden Steinplatten erklingt über ihm, und im nächsten Moment stürzt ein Wasserschwall auf ihn herab und spült ihn mehrere Blöcke weit zurück in den Gang. Dann ertönt wieder das knirschende Geräusch, und der Wasserstrom wird unterbrochen. Das Wasser versickert rasch.

Primo rappelt sich auf. Sein Arm tut weh, er ist durchnässt, übermüdet und verzweifelt. Jetzt reicht es! Er klopft an die Tür und ruft: „He! Wer immer du bist, mach gefälligst die Tür auf!"

Wieder ertönt das Geräusch über ihm. Diesmal kann Primo rechtzeitig zurücklaufen, bevor sich das Wasser erneut über ihn ergießt. Aber eigentlich ist das auch egal, denn nass ist er ja sowieso schon.

So geht es also nicht; wenn er weiterkommen will, wird er tun müssen, was sich der mysteriöse Schilderschreiber für ihn ausgedacht hat. Nur was genau ist das? Und warum diese komplizierten Rätsel?

Nachdem das Wasser zu fließen aufgehört hat, sieht sich Primo den Gang noch einmal genau an. Es gibt neben dem Druckknopf an der Tür fünf weitere Knöpfe, markiert mit den Zahlen 1 bis 5, dann das Schild mit dem unbekannten Wort und die rätselhafte Aussage *Buchstaben sind Wörter sind Zahlen.* Vielleicht ist das ein Hinweis, welche Knöpfe Primo drücken muss? Er überlegt eine Weile, dann hat er eine Idee: Vielleicht stehen die Buchstaben in dem rätselhaften Wort *Gehfk* für die Anfangsbuchstaben von Zahlen? Das E könnte für eine Eins stehen, das F für eine Fünf. Aber was bedeuten dann G, H und K? Nein, das ist es nicht.

Aber vielleicht ist die Idee mit den Anfangsbuchstaben gar nicht schlecht. Wenn er fünf Wörter findet, die mit E, F, G, H und K beginnen und für Zahlen stehen, dann ...

Ein schauriges Stöhnen reißt ihn aus seinen Gedanken. Entsetzt sieht er einen Nachtwandler, der aus dem Spinnenraum in den Gang gewankt kommt. Oh nein! Wie soll er sich gegen das Monster verteidigen? Das Schild neben der Tür fällt ihm wieder ein: *Bitte stets geschlossen halten.* Hätte er sich bloß daran gehalten! Doch nun ist es zu spät.

Langsam, aber unaufhaltsam kommt das Monster auf ihn zu. Primo sieht sich verzweifelt nach einer Versteckmöglichkeit um, doch es gibt keine. Er kann versuchen, sich mit einer Fackel in der Hand zu verteidigen, aber er weiß, dass er damit keine Chance gegen den Nachtwandler hat, zumal er bereits am Arm verletzt ist. Wenn doch bloß Kolle hier wäre, oder Asimov!

Plötzlich gibt es ein klickendes Geräusch, ein Zischen, dann sackt der Nachtwandler zusammen. Drei Pfeile ragen aus seiner Seite. Er stößt ein letztes Stöhnen aus und löst sich auf.

Primo atmet erleichtert auf. Die Pfeilfalle hat ihm das Leben gerettet. Vielleicht, überlegt er, war die Falle gar nicht für ihn bestimmt, sondern dazu da, Monster abzuwehren. Deshalb auch der Hinweis, die Tür stets geschlossen zu halten.

Primo läuft rasch zurück zu dem Raum mit den Spinnen. Dabei fällt ihm etwas ein. Er öffnet noch einmal die Truhen und betrachtet ihren Inhalt: Ein Eisenblock, zwei Fadenknäuel, drei Holzstöcke, vier Getreidebündel, fünf Knochen. E, F, H, G, K. Das ist es!

Aufgeregt läuft er zurück in den Gang, hält an, kehrt noch einmal um, schließt die Tür, will gerade wieder losrennen, als ihm die Pfeilfalle einfällt. Vorsichtig tritt er über die Schnur und geht langsam zu den Knöpfen. G-E-H-F-K. G steht für Getreide. Da es vier Getreidebündel gab, steht der Buchstabe für die Zahl vier. E ist Eisen, also eins. Auch die übrigen Buchstaben lassen sich Zahlen zuordnen, so dass sich die Ziffernfolge 4-1-3-2-5 ergibt.

Vielleicht muss man die Knöpfe an der Wand in dieser Reihenfolge öffnen, damit sich die Tür öffnet! Primo probiert es aus. Als er den Knopf mit der Vier betätigt, hört er ein leises Klicken. Er drückt die Eins, wieder ein Klick. Drei, Klick, zwei, Klick, fünf, Klick.

Nichts geschieht. Dabei war er sich so sicher, das Rätsel gelöst zu haben!

Moment mal. Vielleicht muss man zum Abschluss noch einmal den Knopf neben der Tür drücken? Er probiert es aus, darauf gefasst, dass sich wieder ein Schwall kalten Wassers über ihn ergießt. Doch stattdessen verschwindet plötzlich der Boden unter seinen Füßen, und er stürzt in einen tiefen, dunklen Schacht.

9. Der Weise Mann bei den Pilzen

„Waaaaah..." gellt Primos Schrei durch die Dunkelheit, während er in die Tiefe stürzt. Dann prallt er plötzlich auf etwas Weiches, Nachgiebiges, sinkt darin ein und wird von der elastischen Masse zurückgeschleudert. „Wooahhh..." Hilflos rudert er mit den Armen, während er hochgeworfen wird, bis er einen kurzen Augenblick schwerelos in der Luft schwebt und dann erneut herabfällt. Wieder wird er emporgeschleudert, nicht ganz so hoch diesmal, wieder stürzt er herab.

Nach und nach werden seine unfreiwilligen Sprünge kürzer, bis er schließlich auf dem weichen Block, der den Boden des Schachts formt, zur Ruhe kommt. Hoch oben kann er ein winziges helles Rechteck erkennen - die Öffnung des Schachts. Doch es gibt keine Möglichkeit, dort hinaufzukommen.

Er betastet die Wände und findet einen Druckknopf. Einen Moment zögert er - er hat keine Lust, noch einmal so in die Tiefe zu stürzen - drückt ihn aber schließlich doch. Ein Klicken ertönt. Drei Blöcke über ihm entsteht eine Öffnung in der Wand des Schachts, durch die rötliches Licht fällt. Seltsame Geräusche dringen von dort herein: ein rhythmisches Ächzen und Schnaufen, gemischt mit dem Plätschern von Wasser.

Primo streckt sich, so hoch er kann, doch die Öffnung liegt außerhalb seiner Reichweite. Was nun?

Probehalber hüpft er auf der Stelle. Das federnde Material erlaubt ihm ungewöhnlich hohe Sprünge. Wenn er nicht in einer so verzweifelten Lage wäre und sein Arm nicht immer noch vor Schmerzen pochte, fände er das sogar lustig. Er hüpft höher und höher, bis er schließlich den Rand der Öffnung erreicht, sich daran festhält und sich empor zieht.

Die Öffnung führt in einen riesigen Raum, mindestens fünfzehn Blöcke hoch und so breit und lang, dass man die fernen Wände kaum sieht. Dutzende Fackeln an den Wänden tauchen ihn in warmes, flackerndes Licht. Überall ragen riesige Konstruktionen auf, deren Sinn Primo nicht einmal erahnen kann, bestehend aus flackernden Öfen, hohen Gebilden aus Glas, hinter denen Wasser rauscht, seltsamen Kisten mit Rädern, die auf dünnen Schienen hin und her fahren, und zahllosen Schaltern, die mit Spuren aus dem roten, glitzernden Pulver verbunden sind, das Primo schon in dem Dschungeltempel sah. Die Konstruktionen zischen, stampfen, keuchen und rauschen unablässig, als seien es Lebewesen. Zwischen ihnen laufen Eisengolems umher.

Staunend läuft Primo zwischen den seltsamen Apparaten herum. Er erkennt, dass jeder eine bestimmte Aufgabe zu haben scheint: Einige produzieren offenbar Getreide oder Fisch, aus anderen fallen Eisenblöcke, Holzkisten oder Kohlestücke in bereitstehende Kisten auf Rädern, die, sobald sie voll sind, mit unbekanntem Ziel davonrollen. Überall blitzt es rötlich, wenn sich Schalter wie von selbst umlegen oder eine der rollenden Kisten ihr Ziel erreicht.

Primo nähert sich einem der Gebilde. Es besteht aus einem rechteckigen Kasten mit Wänden aus Stein und Glaswürfeln, in dem dutzende Hühner herumlaufen. Darunter fließt Wasser bis zu einem schwarzen Gebilde, das oberhalb einer Kiste angebracht ist. Hin und wieder hört Primo ein Ei in die Kiste ploppen. Mit dieser Apparatur ist das Eiersammeln viel bequemer, als wenn man auf der Wiese herumlaufen muss! Wer immer das hier konstruiert hat, ist entweder ziemlich klug oder ziemlich faul. Vielleicht auch beides.

Primo entdeckt einen Schalter an der Seite der Maschine. Was wohl passiert, wenn man ihn betätigt? Er streckt eine Hand danach aus.

„Nicht anfassen!“, ertönt eine heisere Stimme hinter ihm.

Erschrocken dreht sich Primo um. Ein Mann in einer weißen Robe sieht ihn misstrauisch an. „Wer bist du, und was hast du hier zu suchen?“.

„Ich bin Primo. Ich, äh … ich suche den weisen Mann bei den Pilzen."

„Weiser Mann? So ein Unsinn! Hier gibt es keinen weisen Mann! Jetzt verschwinde von hier, ich hab zu arbeiten und kann keine Störungen gebrauchen! Und komm bloß nicht auf die Idee, irgendwas anzufassen!" Damit dreht sich der Mann um und verschwindet hinter einer der Maschinen.

Primo läuft ihm nach. „He, warte doch mal!"

„Was denn noch?", fragt der Mann mürrisch.

„Bist du sicher, dass es hier nicht doch irgendwo einen weisen Mann gibt?"

„Ja, bin ich. War's das jetzt?"

„Aber … aber wer hat das alles hier denn gebaut?"

„Was glaubst du wohl, wer das gebaut hat?"

„Keine Ahnung, deshalb frage ich ja."

„Na, ich natürlich. Aber das hab ich nur geschafft, weil ich nicht gestört wurde. Und jetzt verschwinde endlich von hier und lass mich in Ruhe weiterarbeiten!" Er schüttelt den Kopf und grummelt: „Tss. Diese Jugend von heute! Keine Manieren mehr!"

„Aber wenn du das alles gebaut hast, dann musst du doch unheimlich klug sein!", ruft Primo aus.

„Muss ich das?"

„Ja. Ich könnte das jedenfalls nicht."

„Das heißt wohl nicht allzu viel."

„Mag sein. Aber ich kenne auch sonst niemanden, der so etwas bauen könnte, außer dem Fremden vielleicht, da bin ich nicht sicher."

„Der Fremde? Was für ein Fremder?"

„Da war vor einiger Zeit ein Fremder bei uns im Dorf, aus dem Keinnasenland. Die anderen Dorfbewohner hatten Angst vor ihm und wollten ihn in die Schlucht stürzen, aber ..."

„Moment mal!", unterbricht ihn der Mann. „Sagtest du ‚in die Schlucht'?"

„Ja, die Schlucht direkt neben unserem Dorf. Aber wie gesagt ..." Primo hält inne, als er die großen Augen bemerkt, mit denen der Mann ihn auf einmal ansieht.

„Du ... du kommst aus dem Dorf an der Schlucht?", fragt er, und zum ersten Mal klingt seine Stimme nicht mürrisch oder abweisend. „Aber das ist unmöglich! Es ist viel zu weit weg, und außer mir gab es doch niemanden, der je auch nur einen Fuß aus dem Dorf gesetzt hätte!"

Nun ist es Primo, der große Augen macht. „Soll das heißen, du kennst unser Dorf?"

„Und ob ich es kenne. Schließlich bin ich dort aufgewachsen, vor sehr langer Zeit. Aber ich fand es immer langweilig dort. Deshalb habe ich Reisen in die Ferne unternommen."

„Dann ... dann bist du der alte Lausius?“, fragt Primo erstaunt.

Die Augen des Mannes scheinen einen Moment lang in die Ferne zu schweifen, als erinnere er sich an längst vergangene Zeiten. „Lausius ...“, murmelt er. „Ja, so hat man mich einst genannt.“

„Wir dachten alle, du wärst tot!“

„Ja, und das ist mir auch ganz recht so. Ich hab nie so richtig ins Dorf gepasst. Die anderen haben mich alle für verrückt gehalten. Deshalb bin ich irgendwann weggegangen, ohne mich zu verabschieden. Ich dachte, ich versuch's mal bei einem anderen Dorf. Aber dort waren die Bewohner auch nicht besser. Ich bin eine Weile in der Welt herumgereist, und schließlich habe ich mich hier niedergelassen, um in Ruhe meine Forschungen treiben zu können. Diese Insel ist genügend weit weg von allen Dörfern, so dass man hier in Ruhe gelassen wird. Sicherheitshalber hab ich noch ein paar Hindernisse vor den Eingang gebaut, damit mich hier keiner stört.“ Er mustert Primo von Kopf bis Fuß, bevor er fortfährt: „Anscheinend hat dich das nicht abgeschreckt. Du hast Mut und bist clever, das muss ich dir lassen. Aber wie bist du überhaupt hierhergekommen? Etwa mit dem Boot?“

„Nein. Ein Enderman hat mich hierher teleportiert. Er sagte, nur der weise Mann bei den

Pilzen könne mir helfen. Ich glaube, damit hat er dich gemeint."

„Du hast mit einem Enderman gesprochen? Und er hat dich hier auf die Insel teleportiert? Ist das dein Ernst?"

„Ja." Primo nickt heftig, doch dabei wird ihm auf einmal schwindelig. Der Boden schwankt unter seinen Füßen. Er stützt sich an einer der Apparaturen ab, um nicht hinzufallen.

„Was ist mit dir?", fragt Lausius. „Geht es dir nicht gut?"

„Es ... es geht schon", sagt Primo, doch im selben Moment knicken seine Beine ein und er sinkt zu Boden. Um ihn herum wird es dunkel.

Als er wieder zu sich kommt, liegt Primo auf einem Bett in einer kleinen Holzhütte. Von draußen ist das Schnaufen und Stampfen der Apparate zu hören.

Lausius steht neben dem Bett, einen Glaskolben mit einer roten Flüssigkeit in der Hand, den er Primo hinhält. „Hier, trink das! Das wird die Wunde an deinem Arm heilen."

Primo betrachtet das Gefäß skeptisch. Die einzige Person, von der er weiß, dass sie Heiltränke brauen kann, ist Ruuna. Allerdings sind ihre Tränke nicht sehr zuverlässig und haben oft unerwartete Nebenwirkungen. Ob Lausius es wohl besser kann?

„Nun mach schon, ich hab nicht den ganzen Tag Zeit!“, drängt Lausius.

Primo nimmt das Gefäß und trinkt es aus. Es schmeckt bitter, erfüllt ihn aber mit angenehmer Wärme. Die pochenden Schmerzen in seinem Arm lassen nach, bis sie schließlich ganz verklingen.

„Danke!“

„Gern geschehen. Und jetzt erzähl mir von diesem Enderman.“

Primo berichtet von seinen Abenteuern - wie er in den Nether ging, um Golina zu suchen, das Ei von dort mitnahm und es ins Ende brachte, wie er Artrax, den bösen Enderman, verwundete und wie dieser sich schließlich rächte, indem er das Dorf zerstörte.

„Ich wollte zurück ins Ende gehen, um mich ihm dort im Kampf zu stellen“, schließt Primo. „Also bin ich noch einmal zur Festung mit dem Endportal gegangen. Doch ein anderer Enderman hat mich davon abgehalten, in das Portal zu springen, und mich hierhergebracht. Er sagte, nur der weise Mann bei den Pilzen könne mir helfen. Damit muss er dich gemeint haben.“

„Weiser Mann, weiser Mann, ich wünschte, es wäre so!“, grummelt Lausius. „Aber der Enderman hat sich geirrt: Das Einzige, was ich weiß, ist, dass ich nichts weiß.“

„Das … das ist aber wenig“, erwidert Primo enttäuscht. „Wenn du mir nicht helfen kannst, dann weiß ich nicht, was ich machen soll.“

„Ja, ja, das verstehe ich. Ich würde dir ja gern helfen, auch wenn die anderen in deinem Dorf meine Hilfe nicht verdient haben. Du bist mutig und neugierig, und beides gefällt mir. Aber es geht leider nicht.“

„Warum denn nicht?“

„Weil ich keine Zeit habe.“

„Keine Zeit? Wieso nicht?“

„Ich muss erst mein Forschungsprojekt abschließen.“

„Was denn für ein Forschungsprojekt?“, fragt Primo.

„Komm, ich zeige es dir“, erwidert Lausius und führt ihn zu einem Tisch, auf dem sich hunderte von dicht beschriebenen Papierblättern stapeln. „Das da ist mein Lebenswerk: Die große vereinheitlichte Theorie von allem.“

„Die was?“

„Es ist eigentlich ganz einfach: Meiner Theorie zufolge ist unsere Welt nur ein abstraktes mathematisches Modell, eine Kette von Anweisungen, die in einer höheren Welt auf einer Art Apparatur ausgeführt werden, so ähnlich wie meine Maschinen da draußen, nur dass sie statt Hühnern oder Getreide

Zahlen verarbeitet und statt Eiern oder Brot andere Zahlen daraus macht."

„Zahlen? Du meinst so was wie eins oder siebzehn oder hundertzwölf? Was soll man denn damit anfangen?"

„Unterbrich mich gefälligst nicht!", ermahnt ihn Lausius. „Hör mir einfach zu. Also wie gesagt, es ist ganz einfach: Diese Maschine erzeugt unsere Welt, die in Wirklichkeit nicht aus Würfeln, sondern aus Zahlen besteht, und zwar aus ziemlich vielen – mindestens ein paar hundert, wenn nicht mehr. Diese Zahlen bestimmen zum Beispiel, wie wir aussehen, ob es regnet und wo in der Tiefe Diamanten zu finden sind. Die Maschine befindet sich in einer höheren Ebene der Existenz, die wir Kugelwelt nennen. Damit die Maschine weiß, wie die Welt aussehen soll, die sie erzeugt, benötigt sie Anweisungen, die sie nacheinander ausführt. Ich muss also bloß noch herausfinden, welche Anweisungen die Maschine von Notch, unserem Schöpfer, bekommen hat, dann weiß ich, wie die Welt funktioniert. Sieh mal hier, einen Teil habe ich schon. Mir fehlt nur noch der Rest." Er zeigt Primo einen Zettel, auf dem einige Zeilen mit unverständlichem Text stehen:

```
public class HelloWorld {
   public static void main(String[] args) {
      System.out.println("Hello, World");
   }
}
```

„Hm“, macht Primo, der kein einziges Wort von dem Gebrabbel des Alten verstanden hat. „Und wie lange dauert es noch, bis du den Rest herausgefunden hast?“

„Das ist schwer zu sagen“, sagt Lausius. „Vorhin hatte ich einen Einfall, der mich wahrscheinlich der Lösung einen Riesenschritt näher gebracht hätte. Aber dann bist du hier hereingeplatzt und hast mich aus dem Konzept gebracht, und ich hab es wieder vergessen. Warte, ich hab’s gleich wieder ...“

Primo sieht dem Alten eine Weile zu, wie er in seinen Papieren herumwühlt und dabei unverständliche Worte murmelt. Schließlich wird ihm langweilig, und er beschließt, sich in der großen Höhle mit den seltsamen Apparaturen umzusehen. Ein besonders eindrucksvolles Gebilde in der Mitte zieht seine Aufmerksamkeit an. Es besteht aus einem hohen Turm, in dem Wasser fließt, neben einem geschlossenen Raum mit moosbewachsenen Steinwänden. In großer Höhe führt eine Art Brücke bis zu einem zweiten Turm. An dessen unterem Ende fließt wiederum Wasser hervor. Hin und wieder werden Knochen und Pfeile in eine bereitstehende Kiste gespült. Wo die wohl herkommen?

Fasziniert geht Primo näher heran, um sich das Gebilde genauer anzusehen. In dem Raum mit den moosbewachsenen Wänden ist eine Tür aus dunklem Holz eingelassen. Leider hat sie kein Fenster, so dass man nicht sehen kann, was dahinter ist. Primo lauscht an der Tür und hört ein leises Klicken und Klappern. Er würde zu gern wissen, wie diese rätselhafte Apparatur funktioniert! Aber dazu müsste er ins Innere sehen ...

Primo streckt die Hand nach der Türklinke aus, zögert dann jedoch. Was, wenn es Lausius nicht recht ist, dass er sich das Innere der Maschine ansieht? Andererseits hat der Alte gesagt, es gefalle ihm, dass Primo mutig und neugierig ist. Also wird er schon nichts dagegen haben, wenn er die Konstruktionen etwas genauer betrachtet. Was soll dabei schon passieren?

Primo öffnet die Tür.

10. Mörfis Gesetz

Ein Schwall Wasser kommt Primo aus der Tür entgegen und spült ihn zur Seite. Das ist sein Glück, denn im nächsten Moment zischt ein Pfeil aus dem Raum hinter der Tür, der Primo nur knapp verfehlt. Er erhascht einen flüchtigen Blick ins Innere: In der Mitte steht auf einer kleinen Plattform ein Käfig, in dem ein Feuer brennt. Ein winziger Knochenmann dreht sich darin rasend schnell um sich selbst. Zwei weitere, ausgewachsene Knochenmänner kommen nun aus dem Raum und feuern Pfeile auf Primo ab. Er will sein Schwert ziehen, um sich gegen die Monster zu verteidigen, doch dann fällt ihm ein, dass es zerbrochen ist. Ihm bleibt nichts übrig, als die Flucht zu ergreifen. Die Monster verfolgen ihn zwischen den stampfenden und zischenden Apparaten.

Als Primo um eine Ecke rennt, kommt ihm ein Golem entgegen.

„Notch sei Dank! Du musst mir helfen! Die Knochenmänner sind hinter mir her“, ruft er, bevor ihm klar wird, dass normale Golems gar nicht sprechen können. Der Eisenkoloss scheint ihn trotzdem zu verstehen, denn er geht sofort auf eines der Skelette los. Mit einem gewaltigen Schwung seines langen Arms verpasst er dem Knochenmann einen Kinnhaken, der ihn hoch durch die Luft wirbelt.

„Ja!“, jubelt Primo. „Gib’s ihnen, Golem!“

Doch dann verstummt er, als er sieht, wie das Skelett in die Glaswand der Eier produzierenden Apparatur kracht. Ein Glasblock zersplittert durch den Aufprall, und im nächsten Moment hüpfen zwei Dutzend Hühner aus dem Apparat und flattern aufgeregt herum.

Mittlerweile kommen immer mehr Knochenmänner aus dem Raum mit dem brennenden Käfig. Ein zweiter Golem eilt herbei, um sie zu bekämpfen. Doch das macht alles nur noch schlimmer: Die durch die Luft fliegenden Skelette beschädigen weitere Apparate. Zu allem Überfluss betätigen die herumflatternden Hühner versehentlich die Hebel und Schalter mehrerer Maschinen. Das Ergebnis ist, dass sich die Lautstärke und Geschwindigkeit des Schnaufens und Stampfens noch erhöhen. Die ganze Höhle ist nun von einem enormen Lärm erfüllt.

Primo muss hilflos mit ansehen, wie nicht weit entfernt eines der Hühner auf einer großen Apparatur herumhüpft, aus deren Ende kleine Haufen schwarzen Pulvers herauskommen. Der Aufbau dieses Apparates gleicht dem, der die Knochenmänner enthielt, was in Primo ein ungutes

Gefühl erzeugt. Als das Huhn zufällig einen Hebel betätigt, schieben sich zwei Blöcke am unteren Teil der Apparatur zur Seite, und zu Primos Entsetzen wird ein Knallschleicher daraus hervorgespült.

Ein Golem erblickt den Knallschleicher, der bereits beginnt, sich aufzublähen, verpasst ihm einen Kinnhaken und befördert ihn hoch durch die Luft.

Wumm! Der Knallschleicher prallt auf eine weitere Apparatur, explodiert und reißt ein riesiges Loch in die Wand, aus dem nun mit einem Wasserschwall ein Dutzend Schafe hervorströmen.

Jetzt ist das Chaos perfekt. Hühner, Schafe, und bald darauf auch Schweine und Pilzkühe laufen blökend, muhend, grunzend und gackernd zwischen Wasserpfützen herum, während sich zwischen ihnen Golems und Monster eine immer heftigere Schlacht liefern. Eine nach der anderen der riesigen Apparaturen wird dabei zerstört.

Fassungslos steht Primo da und starrt auf die Katastrophe, die er angerichtet hat.

„Was zum Nether ist denn hier los?“, erklingt eine scharfe Stimme hinter ihm.

Erschrocken dreht er sich um. Lausius sieht nicht gerade erfreut aus.

„Ich dachte ... ich wollte ... ich habe doch bloß ...“, stammelt Primo.

„Komm und hilf mir, schnell!“, ruft der Alte. „Wir müssen hier weg, bevor alles in die Luft fliegt!“ Die Bedeutung seiner Worte wird durch die Explosion eines Knallschleichers ganz in der Nähe unterstrichen.

Primo rennt hinter Lausius her, der ihn zu der kleinen Hütte führt.

„Da, du musst die Kiste dort für mich tragen. Ich hab’s ein bisschen mit dem Rücken.“

Primo hebt die schwere Kiste an. „Uff, was ist denn da drin?“, fragt er.

„Alles, was wir brauchen. Jetzt komm, uns bleibt nicht viel Zeit!“

Er führt Primo aus der Hütte und rennt zur Höhlenwand. Ein paar Mal müssen sie sich ducken, als Pfeile oder herumfliegende Monster dicht über ihre Köpfe zischen. Überall um sie herum kracht und splittert es, als zerstampfe ein wütender Riese die Apparate.

Endlich erreichen sie eine kleine Tür in der Wand. Auf einem Schild daneben steht *Notausgang*. Lausius reißt sie auf und schlüpft hindurch, dicht gefolgt von Primo. Hinter der Tür liegt ein schmaler, aber sehr langer Gang, der mit Fackeln beleuchtet ist. Auf dem Gangboden sind Metallschienen angebracht. Vier Metallkisten auf Rädern stehen darauf, die miteinander verbunden zu sein scheinen. Die vorderste enthält einen Ofen, die anderen drei sind leer.

„Los, stell die Kiste in die Lore."

„In die was?"

„In dieses Ding da vor dir, was denn sonst?"

Primo wuchtet die Kiste in den hintersten der Metallbehälter.

„Und jetzt einsteigen, schnell!" Lausius springt in eine der beiden anderen Loren. Kaum hat Primo es ihm gleichgetan, wirft der Alte ein Stück Kohle in den Ofen vor sich, und die Loren setzen sich in Bewegung.

In rasanter Fahrt geht es den Gang entlang. Hinter ihnen dringen dumpfe Explosionen aus der Höhle.

„Es ... es tut mir leid ... ich wollte das nicht ... ich dachte bloß ..."

„Schon gut", sagt Lausius. „Es war meine Schuld. Was immer schief gehen kann, geht auch schief, das hat mir mal ein kluger Mann gesagt, der in einem Dorf fern im Westen wohnte. Er hieß Mörfi, wenn ich mich recht erinnere. Ich hätte auf ihn hören sollen und die Apparate sicherer konstruieren müssen. Aber nun ist es nicht mehr zu ändern. Und wer weiß, vielleicht ist es ja auch gut so. Ich glaube, ich habe schon viel zu lange allein in der Höhle gelebt. Zum Glück habe ich das Wichtigste gerettet." Er deutet auf die Kiste.

„Wohin fahren wir eigentlich?“, fragt Primo. Einerseits ist er erleichtert, dass ihm Lausius die Zerstörung seiner Apparate nicht übel nimmt, andererseits ist ihm die rasante Reise den schnurgeraden Tunnel entlang ein wenig unheimlich.

„Festhalten!“, gibt Lausius zur Antwort. Im nächsten Augenblick stürzen die Loren in einen Abgrund. Jedenfalls fühlt es sich so an. Nachdem sich Primo von seinem ersten Schreck erholt hat, sieht er, dass die Schienen jetzt steil nach unten führen. Kurz darauf erreichen sie den Boden einer riesigen Höhle, die von einem Lavasee erhellt wird, fast wie im Nether. In rasantem Tempo jagen sie über den Höhlenboden. Nachtwandler und Knochenmänner kommen von allen Seiten auf sie zu, doch die Rollkisten sind viel zu schnell für die Monster.

Auf der anderen Seite der Höhle fahren sie durch einen Öffnung in einen weiteren Tunnel. Nun geht es wieder aufwärts, wobei der Tunnel immer wieder Biegungen macht. Primo wird von den engen Windungen schwindelig.

Endlich halten die Kisten an. Sie befinden sich in einer flachen, künstlichen Höhle. Eine Treppe führt nach oben und endet in einer Wand aus graubraunen Blöcken.

„Alles aussteigen, diese Fahrt endet hier!“, verkündet Lausius. „Vergiss die Kiste nicht!“

Primo wuchtet die Kiste aus der Lore und folgt dem Alten die Treppe hinauf.

„Und jetzt?", fragt Primo.

Zur Antwort holt Lausius eine Schaufel hervor und entfernt die beiden Blöcke, die den Weg versperren. Dahinter kommt Tageslicht zum Vorschein.

Staunend tritt Primo hinaus. Sie befinden sich auf einer kleinen Insel mit riesigen Pilzen. Nicht weit entfernt liegt die größere Insel, auf die ihn der Enderman teleportiert hat. Von der Zerstörung, die Primo in der Tiefe darunter ausgelöst hat, ist hier oben nichts zu bemerken.

„Wir werden wohl etwas Proviant brauchen", sagt Lausius. „Geh mal ein paar Pilze sammeln, Junge."

„Und dann?", fragt Primo.

„Dann fahren wir nach Hause."

Primos Herz hüpft vor Freude. „Nach Hause? Du meinst, zum Dorf am Rande der Schlucht?" Dann fällt ihm wieder ein, dass das Dorf nicht mehr existiert. „Oder ... oder vielleicht zum Wüstendorf?"

„Ja, ja, von mir aus", sagt Lausius. „Jetzt stell die Truhe da hin und tu, was ich dir gesagt habe."

Primo gehorcht. Der Alte klappt die Truhe auf, die von oben bis unten mit Papieren gefüllt ist.

„Brauchen wir nicht irgendwelche Ausrüstung, um von hier wegzukommen?", fragt Primo.

„Was? Ausrüstung? Was für Ausrüstung?“, fragt Lausius, während er in der Kiste herumwühlt.

„Na ja, ich dachte, vielleicht ein Schwert oder so, wenn es Nacht wird ...“

Lausius blickt auf. „Nacht?“ Dann scheint er zu begreifen. „Oh. Hm. Ja, du hast vielleicht recht. Ich war schon ziemlich lange nicht mehr an der Oberfläche. Wir brauchen wohl auch etwas Holz, um ein Boot zu bauen. Warte mal, ich hab da glaub ich irgendwo noch ...“ Er kramt in der Kiste herum, dann durchsucht er seine Robe. Schließlich drückt er Primo einen halb vertrockneten Eichenschößling in die Hand.

„Hier, such mal etwas Gras und pflanze den ein.“

Primo sucht die ganze Insel ab. Er findet am Meeresufer einen einzigen winzigen Flecken Gras. Eine Pilzkuh steht darauf.

„Geh mal zur Seite“, sagt Primo. Doch die Pilzkuh glotzt ihn nur an.

„Geh weg, du blödes Vieh!“ Primo versucht, das Tier beiseite zu schieben, doch die Kuh bleibt stur auf der Stelle stehen.

Er sieht sich um. In der Nähe wachsen ein paar braune Pilze. Er pflückt einen davon und hält ihn der Kuh hin. „Hier, lecker Pilz!“

Die Kuh schnüffelt an dem Pilz, dann schüttelt sie den Kopf.

Ratlos kehrt Primo zu Lausius zurück. Der hat inzwischen die halbe Insel mit Papierblättern bedeckt. In der jetzt fast leeren Kiste entdeckt Primo ein rostiges Eisenschwert, das unter den Papierstapeln verborgen gewesen sein muss. Er vertreibt damit die Kuh von dem einzigen Grasblock auf der Insel. Dann pflanzt er den Baum ein.

„Und jetzt?“, fragt Primo.

„Jetzt hab ich Hunger“, sagt Lausius. „Hast du Pilze gesammelt?“

„Ja, hier.“ Primo reicht dem Alten die paar braunen Pilze, die er gefunden hat.

Lausius steckt sich einen davon in den Mund und kaut darauf herum. „Pah, das schmeckt ja scheußlich“, sagt er.

„Tut mir leid, was anderes wächst hier nicht.“

„Na schön. Stell mal ein paar Fackeln auf der Insel auf.“

„Und dann?“

„Dann warten wir.“

„Worauf?“

„Darauf, dass der Baum wächst, damit wir ihn fällen können und Holz haben, um uns ein Boot zu bauen, mit dem wir zurück in die Heimat fahren können, ist doch wohl logisch. Und jetzt frag mich nicht dauernd, ich hab zu tun.“ Damit wendet er sich wieder seinen Papieren zu.

Primo seufzt. Der „weise Mann bei den Pilzen“ hat sich bisher nicht gerade als große Hilfe erwiesen. „Kann ich mal die Schaufel haben?“

„Ja, von mir aus“, sagt Lausius geistesabwesend und reicht Primo ein merkwürdiges Ding. Es ist schwarz und hat in der Mitte eine Art Miniaturschwert. Das Seltsame ist, dass dieses Schwert sich dreht, wenn man das Ding in eine andere Richtung hält.

„Ich wollte die Schaufel haben“, sagt Primo.

„Was? Dann sag das doch, Junge!“ Diesmal gibt Lausius ihm den richtigen Gegenstand.

Primo gräbt einen notdürftigen Unterschlupf für die Nacht in den Hang eines Hügels. Als er damit fertig ist, geht gerade die Sonne unter.

„Komm jetzt“, sagt er zu Lausius. „Wir bringen uns besser in Sicherheit, bevor die Monster kommen.“

„Was denn für Monster?“, erwidert der Alte. „Ich sehe keine!“

„Sie kommen, sobald es dunkel wird. Das musst du doch wissen.“

„Nun, hm, na ja, kann schon sein. Aber noch sind ja keine da, also lass mich in Ruhe arbeiten!“ Er beugt sich wieder über seine Papiere.

Schon färbt sich der Himmel schwarz. Es dauert nicht lange, bis das *Unngh* eines Nachtwandlers zu hören ist. Lausius scheint es nicht zu bemerken. Im

Licht einer Fackel brütet er weiter über seinen Papieren und murmelt dabei unverständliche Worte.

„Komm jetzt!“, ruft Primo nervös. „Schnell!“

„Mmm. Gleich. Ich muss nur noch kurz diese Programmzeile überprüfen.“

Unngh! Der Nachtwandler will sich auf Lausius stürzen. Primo zückt das Eisenschwert und wirft sich dazwischen. Es kommt zu einem kurzen, aber heftigen Kampf, an dessen Ende sich das Monster in Luft auflöst.

„Kannst du mal aufhören, so einen Krach zu machen, Junge?“, beschwert sich Lausius. „Wie soll man sich denn dabei konzentrieren?“

Primo seufzt. Wie soll er jemals den Weg zurück in seine Heimat finden? Der alte Lausius ist dabei jedenfalls keine Hilfe. Traurig blickt er auf den weiten Ozean, in dem sich der aufsteigende Mond spiegelt. Wird er Golina je wiedersehen?

11. Rückkehr

„Golina?“ Margi rüttelt sie sanft an der Schulter. „Es ist Zeit, aufzustehen!“

„Lass mich!“ Golina dreht sich auf die andere Seite. Sie will nicht, dass ihre Freundin ihre geröteten Augen sieht.

„Hast du etwa schon wieder die ganze Nacht nicht geschlafen?“, fragt Margi besorgt.

Golina zuckt nur mit den Schultern.

„Ich verstehe ja, dass du traurig bist, weil Primo verschwunden ist“, sagt Margi. „Ich bin es auch. Wir alle sind es. Aber das Leben geht nun mal weiter. Wir können froh ein, dass wir hier im Wüstendorf so freundlich aufgenommen worden sind. Wir müssen uns dafür erkenntlich zeigen, indem wir bei der Arbeit helfen. Heute wollen wir ein neues Getreidefeld anlegen. Nun komm, du wirst sehen, etwas Bewegung an der frischen Luft wird dir guttun.“

Golina wischt sich die Tränen aus den Augen und steht auf. Ihr Bett steht neben Margis in Karos Haus. Ihre Freundin hat recht: Sie dürfen die Gastfreundschaft der Wüstendorf-Bewohner nicht ausnutzen, müssen auch etwas zum Wohle des Wüstendorfs beitragen. Doch ihr Körper fühlt sich so schwer und steif an wie der eines Golems, als sie hinaus in die Sonne tritt.

Es ist jetzt zehn Tage her, seit Primo verschwand, und sie hat längst die Hoffnung aufgegeben, ihn jemals wiederzusehen. Auch Asimov, der Golem, ist nicht wieder aufgetaucht. Das kann nur bedeuten, dass Primo unterwegs Monstern zum Opfer gefallen ist oder von dem schrecklichen Schattenmann getötet wurde, der ihr Heimatdorf zerstört hat.

Golina folgt Margi zu der Stelle westlich des Wüstendorfs, an der die anderen Dorfbewohner bereits mit dem Anlegen eines Bewässerungsgrabens begonnen haben. Es ist eine schöne Stelle am Rand einer Wiese, auf der Schafe grasen. Man hat von hier aus eine wunderbare Sicht auf das Meer im Westen und die gigantische Felsnadel des Himmelsturms, die fern im Süden aufragt. Doch Golina hat kaum einen Blick für die Schönheit der Landschaft. Sie sehnt sich nach dem Dorf am Rand der Schlucht zurück. Am meisten jedoch vermisst sie Primo.

Sie bemüht sich, ihre trüben Gedanken zu verdrängen, und hilft dabei, die Erde zu lockern, die Bewässerung zu sichern und Getreide auszusäen. Das neue Feld soll dabei helfen, genügend Nahrung für die neuen Dorfbewohner bereitzustellen.

Als es endlich fertiggestellt ist, steht die Sonne bereits hoch am Himmel. So schön es hier im

Wüstendorf auch ist, die Hitze macht ihr doch zu schaffen. Sie überlegt, ob sie vielleicht während der Mittagspause mit Margi ein Bad im Meer nehmen sollte, um sich ein wenig abzukühlen. Aber die Tintenfische, die hin und wieder ihre acht Arme aus dem Wasser strecken, machen ihr Angst, obwohl Margi ihr versichert hat, dass sie harmlos sind und man sogar mit ihnen spielen kann.

Plötzlich sieht sie in der Ferne auf dem Ozean eine Bewegung. Ist das ein Tintenfisch? Nein. Das sieht aus wie ein ...

„Ein Boot!“, ruft Golina aufgeregt. „Da hinten kommt ein Boot!“

Im Nu versammeln sich alle Dorfbewohner um sie.

„Tatsächlich, da ist ein Boot!“, stellt Wumpus fest.

„Da hast du vollkommen recht, geschätzter Kollege“, sagt Magolus, der sich offenbar in den letzten Tagen mit dem Priester des Wüstendorfs angefreundet hat.

„Das wird doch wohl hoffentlich nicht noch jemand sein, der hier Zuflucht sucht!“, sagt Wumpus. „So langsam wird der Platz bei uns wirklich knapp.“

„Da muss ich dir recht geben, lieber Wumpus“, sagt Magolus. „Genug ist genug!“

Golina kneift die Augen zusammen, doch das Boot ist noch zu weit entfernt. Sie kann lediglich feststellen, dass es merkwürdig aussieht - viel länger als das Fischerboot von Olum.

„Ich glaube, da sind zwei Leute drin“, sagt Margi, die besonders scharfe Augen hat. „Der eine davon ... ist das etwa ... aber das kann doch nicht sein!“

„Was ist?“, fragt Golina aufgeregt. „Was hast du gesehen?“

Margi sieht sie mit einem seltsamen Gesichtsausdruck an. „Ich ... ich will dir keine falschen Hoffnungen machen ...“

„Nun sag schon!“

„Ich glaube, einer der beiden ... sieht aus wie Primo!“

Golinas Herz hüpft vor Aufregung. Sie hält es nicht länger aus und rennt den Abhang hinunter zum Meeresufer.

Langsam kommt das seltsame Gefährt näher, und nun erkennt sie, dass es nicht ein Boot ist, sondern drei, die anscheinend mit Spinnenfaden aneinander gebunden sind. Im hintersten Boot ist eine Kiste untergebracht, im mittleren hockt eine weiß gekleidete Gestalt. Im vorderen Boot sitzt jemand in einer braunen Kutte und rudert. Ist das wirklich Primo? Ja, er ist es! Vor Freude winkt Golina mit beiden Armen und hüpft am Ufer auf und ab wie ein Huhn.

Endlich erreichen die drei Boote das Ufer. Primo ist kaum herausgeklettert, da fällt ihm Golina schon um den Hals. Freudentränen kullern über ihre Wangen. „Du rücksichtsloser, gemeiner Schuft!“, schimpft sie und küsst ihn. „Wie konntest du mir das antun, dich einfach in der Nacht davonzustehlen! Wo bist du bloß gewesen?“

Primo will antworten, doch Golina küsst ihn erneut und drückt ihn so eng an sich, dass er kaum Luft bekommt.

Als sie sich endlich von ihm löst, ist er ganz außer Atem. „Das ist eine lange Geschichte“, keucht er. „Aber zuerst möchte ich euch jemanden vorstellen. Das hier ist ...“

„Lausius!“, ruft Primos Vater Porgo aus. „Bist du das etwa? Das gibt’s doch nicht!“

„Du musst der kleine Porgo sein!“, sagt der weiß gekleidete Mann, der mit Primo gekommen ist.

Nun entsteht große Aufregung. Dass Primo wohlbehalten zurück ist, freut alle, wundert aber niemanden nach all den Abenteuern, die er schon überstanden hat. Aber dass der längst totgeglaubte Abenteurer Lausius hier vor ihnen steht, ist eine Sensation. Golina kennt ihn nur aus alten Geschichten, und die meisten Dorfbewohner waren noch Kinder, als er das Dorf verließ.

Fragen prasseln von allen Seiten auf Primo und Lausius ein. Es dauert eine Weile, bis sich alle soweit beruhigt haben, dass Primo zu Wort kommt und von seinem Abenteuer berichten kann. Staunend hört Golina zu, wie er von der Begegnung mit dem Enderman erzählt, der ihn auf eine ferne Insel mit riesigen Pilzen teleportiert hat, von der Höhle unter der Insel, den Rätseln, die er lösen musste, und den riesigen Apparaten, die Lausius gebaut haben soll. Das alles kommt Golina ein wenig übertrieben vor. Vermutlich will Primo sich nur ein bisschen wichtigmachen. Aber sie nimmt es ihm nicht übel. Hauptsache, er ist wohlbehalten zurück!

„Und dann hab ich versehentlich ... ich meine, äh, es gab da einen kleinen technischen Fehler und ... na, jedenfalls haben Lausius und ich beschlossen, die Höhle zu verlassen und hierherzukommen. Es hat ein bisschen gedauert. Erst mussten wir warten, bis ein Baum gewachsen ist, aus dem wir Holz für drei Boote machen konnten. Dann mussten wir noch mal umkehren, weil Lausius irgendwelche Papiere auf der Insel vergessen hatte. Dann ist uns mitten auf dem Ozean eingefallen, dass wir nichts zu essen hatten, und wir mussten an Land rudern, um uns Proviant zu besorgen. Und dann scheint die Landkarte, die Lausius bei seinen früheren Reisen gemacht hat, nicht ganz exakt zu sein, jedenfalls mussten wir ein paar Mal Umwege machen. Dabei war es auch so schon ziemlich weit von der Insel mit den Pilzen bis hierher. Aber nun haben wir es ja geschafft."

„Äh, hm, nun ja", sagt Wumpus. „Ehrlich gesagt bin ich nicht sicher, ob wir hier noch Platz ..."

„Wumpus!", ruft Karo empört. „Geht das schon wieder los? Du willst die beiden doch nicht etwa wegschicken?"

„Aber Magolus sagt doch auch ..."

„Keine Sorge, wir bleiben nicht", sagt Primo. „Wir wollten ohnehin nur kurz ..."

„WAAAS?" Golina glaubt, nicht richtig zu hören. „Wage es bloß nicht, noch einmal ohne mich wegzugehen!", ruft sie, und der Zorn lässt ihren Kopf rot anlaufen. „Du bleibst hier, und damit basta!"

„Aber ..."

„Kein Aber! Hast du eigentlich eine Ahnung, was für Sorgen ich mir deinetwegen gemacht habe? Ich habe die ganze Zeit, seitdem du verschwunden ist, kaum geschlafen!"

„Aber ..."

„Du findest das wohl amüsant, was? Ziehst durch die Welt und erlebst Abenteuer, während ich hier zurückbleibe und keine Ahnung habe, wo du gerade bist und ob du überhaupt noch lebst!"

„Aber ..."

„Damit ist jetzt Schluss, das sage ich dir! Nie wieder wirst du mir solche Angst machen! Wenn du das nächste Mal in den Nether gehst oder ins Ende oder von mir aus auch auf den Mond, dann komme ich mit, kapiert?“

Primo seufzt. „Ja, Golina.“

„Na also! Wohin wolltest du denn überhaupt schon wieder?“

„Ins Dorf am Rand der Schlucht.“

Golina sieht ihn einen Moment lang sprachlos an. Hat Primo etwa zu viel von den seltsamen Pilzen gegessen, von denen er erzählt hat? „Es gibt kein Dorf am Rand der Schlucht mehr, schon vergessen?“

„Das ist es ja gerade“, erklärt Primo. „Wir werden es wieder aufbauen, Lausius und ich.“

„Ihr?“, fragt Magolus. „Ihr wollt unser Dorf wieder aufbauen? Ja, wisst ihr denn überhaupt, wie das geht?“

„Klar“, sagt Primo. „Jedenfalls weiß es Lausius. Er hat in seiner Höhle ganz allein fantastische Apparaturen gebaut, mit Knochenmännern und Knallschleichern darin, und Maschinen, die Eier legen, und ...“ Er verstummt, als er bemerkt, wie ihn die früheren Bewohner des Schluchtdorfs mit großen Augen ansehen.

„Ich will aber in kein Dorf voller Knochenmänner und Knallschleicher“, sagt Kaus.

„Und eierlegende Maschinen brauchen wir auch nicht“, stellt Kolles Mutter Delfina fest. „Dafür haben wir doch Hühner.“

„Na ja, wir müssen ja auch nicht solche Apparate bauen“, beruhigt sie Primo. „Nur ein paar kleine Verbesserungen vielleicht, wenn wir schon dabei sind.“

„Verbesserungen?“, fragt Magolus. „Was denn für Verbesserungen?“

„Na ja, was immer du willst. Mit moderner Bautechnik ist alles möglich“, behauptet Primo.

„Auch ein höherer Kirchturm?“

„Ein höherer Kirchturm ist gar kein Problem.“

„Moment, Moment“, mischt sich Wumpus ein. „Wieso willst du denn einen höheren Kirchturm?“

„Na, ist doch klar“, entgegnet Magolus. „Je höher der Kirchturm, desto schöner das Dorf!“

„Willst du damit etwa sagen, euer Dorf sei schöner als unseres, bloß weil es einen höheren Kirchturm hat?“

„Aber mein lieber Wumpus, du musst doch zugeben, selbst, wenn unser Dorf keinen höheren Kirchturm hätte als euer armseliges Kaff hier, dann wäre es trotzdem immer noch …“

„Armseliges Kaff?“, schreit Wumpus. „Wenn das hier so ein armseliges Kaff ist, dann könnt ihr am besten gleich verschwinden!“

„Hört auf, euch zu streiten!“, mischt sich Golina ein. „Wenn überhaupt, dann bauen wir unser Dorf so auf, wie es vorher war, und nicht anders. Aber ich bezweifle, dass das viel nützen würde. Sobald es fertig ist, kommt doch sowieso wieder dieser Schattenmann und zerstört es ein zweites Mal.“

Das bringt alle zum Verstummen. Auch Primo hat darauf keine Antwort und lässt den Kopf hängen.

„Schattenmann?“, fragt Lausius. „Was denn für ein Schattenmann?“

„Der Enderman, der unser Dorf zerstört hat“, erklärt Primo. „Ich hab dir doch davon erzählt.“

„Was für ein Dorf?“, fragt Lausius.

„Das Dorf am Rand der Schlucht.“

„Ach so, das. Ach, jetzt weiß ich wieder. Den meinst du. Na, den loszuwerden ist ganz einfach. Theoretisch jedenfalls.“

„Und wie soll das gehen?“, fragt Primo.

„Ich hab das irgendwo aufgeschrieben, warte mal“, sagt Lausius und wühlt in seiner Kiste. Nach einer Weile hält er einen Zettel hoch. „Ah, hier ist es ja!“

„Die Anleitung, wie man einen Schattenmann vernichtet?“, fragt Golina.

„Nein, das Rezept für den Unsichtbarkeitstrank“, sagt Lausius. „Das hab ich schon überall gesucht.“

„Unsichtbarkeitstrank?“, ruft Ruuna. „Zeig mal her!“ Sie wartet nicht, bis er ihr den Zettel gibt, sondern reißt ihn ihm aus der Hand.

„Und du meinst, der da kann uns helfen, das Dorf wieder aufzubauen?“, fragt Golina Primo.

Ihr Freund zuckt nur mit den Schultern.

12. Überraschung

Am nächsten Morgen bricht eine kleine Delegation in Richtung des zerstörten Dorfs auf: Ruuna und Willert, Kolle und Margi sowie Primo und Golina und natürlich der alte Lausius sind dabei. Ursprünglich wollte auch Magolus mitkommen, um dafür zu sorgen, dass beim Wiederaufbau des Dorfs „alles richtig gemacht“ wird. Doch als ihn Porgo am Abend darauf hinwies, dass es dort vorerst keinen Schutz vor den nächtlichen Monsterangriffen gibt und außerdem ein erneutes Auftauchen des bösen Endermans nicht ausgeschlossen werden kann, verzichtete er auf die Teilnahme.

Während Kolle und Primo abwechselnd die schwere Kiste tragen, von der sich Lausius keine drei Schritte weit entfernt, reiten die Mädchen auf ihren Pferden neben ihnen her. Primo hat vorgeschlagen, Golina solle doch voraus reiten, um den Weg zu erkunden, aber sie weigert sich, ihn aus dem Auge zu lassen. Typisch Mädchen, machen sich dauernd grundlos Sorgen!

Am Abend übernachten sie in dem alten Tempel am Rand der Wüste und erreichen am Vormittag des nächsten Tages die Ebene östlich des Dorfes. Jetzt ist es nicht mehr weit bis zu den Ruinen. Primos Kehle schnürt sich zu, als er daran denkt, wie schrecklich es dort aussieht. Er weiß nicht, ob er den Anblick des zerstörten Dorfs noch einmal ertragen kann. Unwillkürlich verlangsamt er seine Schritte. Auch den anderen scheint es ähnlich zu gehen - niemand sagt etwas.

Doch plötzlich stößt Margi einen Schrei aus. Bevor Primo oder Kolle fragen können, was los ist, galoppiert sie mit ihrem Pferd voran und kommt kurz darauf wieder zurück, die Augen vor Staunen weit aufgerissen. „Das Dorf!“, ruft sie. „Das Dorf ist wieder da!“

„Was? Wie? Wo?“, rufen alle durcheinander.

„Ich ... ich verstehe das auch nicht“, sagt Margi. „Aber alle Häuser sind wieder da, so als sei das Dorf nie zerstört worden!“

„Wie ist das möglich?“, fragt Kolle.

„Ich weiß es nicht.“

Nun sind Primos Erschöpfung und Trauer wie weggeblasen. Er vergisst beinahe, dass er eine schwere Kiste trägt, und rennt hinter den beiden Mädchen her, die voran galoppieren. Nach kurzer Zeit sieht er, dass Margi die Wahrheit gesagt hat: Die vertrauten Hausdächer zeichnen sich am Horizont ab.

„Das gibt’s doch nicht!“, ruft Kolle aus.

„Das ist wirklich allerhand!“, meint Willert. „Das grenzt ja an Zauberei!“

„Das ist Zauberei“, behauptet Ruuna. „Was soll es denn sonst sein?“

„Können wir jetzt endlich damit aufhören, hier in der Gegend rumzurennen, und uns irgendwo hinsetzen, damit ich mal in Ruhe arbeiten kann?“, fragt Lausius.

Rasch durchqueren sie den Fluss und wandern staunend durch das verlassene Dorf. Alles ist genauso, wie es gewesen ist, bevor Primo mit Magolus und den anderen zum Wüstendorf aufgebrochen ist.

„Meinst du ... meinst du, wir haben das alles vielleicht nur geträumt?“, fragt er Golina.

„Was?“

„Die ... die Zerstörung des Dorfs.“

„Das war der schrecklichste Moment meines Lebens“, erwidert sie. „Den habe ich ganz bestimmt nicht geträumt.“

„Aber wie kann denn ein Dorf ganz von selbst ...“

Primo stockt, als er plötzlich eine Bewegung wahrnimmt. Jemand – oder etwas – kommt hinter der Kirche hervor. Rasch zieht er das Eisenschwert, das er in Lausius‘ Kiste gefunden hat, steckt es jedoch im nächsten Moment wieder ein, als er die Gestalt erkennt.

„Asimov!“, ruft er erstaunt aus. „Wo kommst du denn auf einmal her?“

Mit einem erfreuten Miau springt Mina, die Katze, vom Kopf des Golems und schmiegt sich an Golina, die inzwischen von ihrem Pferd abgestiegen ist.

„Das ist aber eine seltsame Frage“, antwortet der Golem. „Ich war doch die ganze Zeit hier. Ihr seid es, die plötzlich hergekommen seid.“

„Ich meine ... wieso ... was ... weißt du, wer das Dorf wieder aufgebaut hat?“

„Mir war langweilig“, antwortet der Golem. „Es war ja keiner da. Da hab ich ein bisschen aufgeräumt. Aber bestimmt war das ganz falsch, und ich habe wahrscheinlich nur wieder eine neue Katastrophe ausgelöst. Stimmt's?“

„Aber nein!“, ruft Primo aus. „Nein, ganz und gar nicht! Das hast du toll gemacht, Asimov!“

„Wirklich großartig!“, bestätigt Golina und umarmt den eisernen Koloss.

„Das meinst du doch bestimmt nicht ernst“, erwidert Asimov, doch seine Augen leuchten ein bisschen heller als sonst, so als ob er stolz ist.

„Wieso spricht denn der Golem?“, fragt Lausius.

„Ich hab ihn ein bisschen verbessert“, sagt Ruuna. „Supergeheimes Spezialrezept.“

„Das musst du mir genauer erklären!“

Die beiden beginnen eine angeregte Diskussion, während die übrigen Dorfbewohner staunend Asimovs Arbeit bewundern. Er hat buchstäblich jeden einzelnen Block wieder dorthin gesetzt, wo er vorher war. Selbst die Getreidefelder sind wieder an Ort und Stelle und zur Ernte bereit, und auch der Schmiedeofen in Primos Elternhaus ist dort, wo er immer war. Es ist kaum zu glauben, dass das ganze Dorf noch vor ein paar Tagen völlig zerstört war.

Erst, als Primo mit Kolle und Margi das Haus von Kolles Eltern betritt, wird die Freude etwas getrübt. Zwar stehen die Bücherregale an Ort und Stelle, aber sie sind alle leer.

„Die schönen Bücher!“, ruft Margi aus. „Da wird dein Vater aber traurig sein!“

„Ach was“, entgegnet Kolle. „So kann er jedenfalls leichter Ordnung halten.“

„Außerdem können wir ja neue Bücher aus der riesigen Bibliothek in der alten Festung mit dem Endportal holen“, stellt Primo fest, als sie wieder aus dem Haus treten.

Golinas Augen funkeln vor Zorn. „Untersteh‘ dich! Du gehst mir nicht mal in die Nähe dieser Festung!“

„Ja, ja, schon gut, war ja nur eine Idee“, gibt Primo klein bei.

„Wir müssen es den anderen sagen!“, ruft Golina. „Komm, Margi, wir reiten zurück ins Wüstendorf!“

„Wartet, wir kommen mit!“, sagen Primo und Kolle gleichzeitig.

„Nein“, widerspricht Golina. „Zu Pferd sind wir viel schneller als ihr. Ihr würdet uns bloß aufhalten. Ihr bewegt euch nicht aus dem Dorf, verstanden?“

„Aber was, wenn ein Monster ...“, protestiert Kolle, doch die beiden Mädchen steigen auf ihre Pferde und galoppieren einfach los, ohne sich noch einmal umzudrehen.

Primo starrt ihnen hinterher. Ein flaues Gefühl breitet sich in seinem Magen aus. „Das ist doch ... was, wenn ihr etwas passiert?“

„Denen passiert schon nichts“, sagt Ruuna. „Das sind Mädchen, die sind vernünftig.“

Primo betrachtet die Hexe skeptisch. Sie ist immerhin auch in gewisser Weise ein Mädchen, aber vernünftig würde er sie nicht nennen.

„Lasst uns etwas zu Essen vorbereiten“, schlägt Kolle vor. „Dann können wir zur Feier des Wiederaufbaus ein Festmahl feiern, wenn die anderen ...“

Er stockt, als plötzlich ein unheimliches Geräusch erklingt. Mitten auf dem Kiesweg, der quer durchs Dorf führt, erscheint aus dem Nichts eine dunkle Gestalt. Sie dreht ihren Kopf nach links und rechts und betrachtet das neu erbaute Dorf mit violett leuchtenden Augen.

Primo stockt der Atem. Auch die anderen stehen wie erstarrt da. Nur der Golem stürzt sich sofort auf den Enderman. „Na warte, du Rüpel!", ruft er. „Dir werd' ich's zeigen! Wage es ja nicht, mein Dorf nochmal so in Unordnung zu bringen!"

Asimov holt zu einem gewaltigen Schlag aus, doch bevor er den Enderman erreicht, schüttelt dieser nur den Kopf und teleportiert sich davon.

„Das ist nicht gut", meint Willert. „Er wird bestimmt wiederkommen."

„Wer?", fragt Lausius, der offenbar als einziger von Artrax' plötzlichem Auftauchen unbeeindruckt geblieben ist.

„Das gerade eben war der Enderman, der eine Armee von Creepern in dieses Dorf geschickt und es völlig zerstört hat."

Lausius sieht sich um, als sähe er das Dorf zum ersten Mal. „Aber das Dorf ist doch gar nicht zerstört!"

„Ja, weil Asimov, der Golem, es wiederaufgebaut hat."

„Echt jetzt? Ein Golem hat das alles gebaut? Das ist ja allerhand! Er kann sprechen, er kann bauen ... ein universeller Diener aus Metall ... wirklich sehr praktisch."

Asimov sieht den Alten misstrauisch an, als befürchte er, dass Lausius ihn für irgendwelchen Unsinn missbrauchen könnte.

„Atrax wird bestimmt wiederkommen und das Dorf ein weiteres Mal zerstören", sagt Primo. „Selbst, wenn Asimov es danach wieder neu errichtet - wenn wir nicht einen Weg finden, um den Enderman endgültig zu besiegen, dann werden wir hier nie wieder in Frieden leben können."

Lausius kratzt sich am Kopf. „Aha. Soso. Na, dann müssen wir wohl etwas gegen ihn unternehmen. Ich glaube, ich habe da irgendwo ..." Er beginnt, in der Kiste mit seinen Papieren zu wühlen. Nach einer Weile zieht er einen Zettel hervor und hält ihn Asimov hin. „Golem, kannst du das für mich bauen?"

„Das?", fragt Asimov. „Und wozu soll das gut sein?"

„Kannst du es bauen oder nicht?"

„Ja. Natürlich, selbstverständlich. Ich bin ja hier nur der Befehlsempfänger. Mir erklärt sowieso keiner was."

„Tu, was ich dir sage, Golem, und baue, was hier aufgezeichnet ist. Am besten da vorne neben der Schlucht."

„Aber ich hab kein Material. Was soll das überhaupt sein, dieses rote Zeug, und das gelbe?"

Lausius nimmt Asimov den Zettel weg und gibt ihn Primo. „Kannst du bitte das Material besorgen, das hier auf dem Zettel steht?"

Primo betrachtet verwundert das Papier, auf dem eine gekritzelte Zeichnung zu sehen ist. Schienen sind in Form eines O angeordnet. Von drei gelb markierten Schienenstücken führen rote Linien zu einem Gebilde in der Mitte, das vielleicht ein Hebel sein könnte. Daneben ist eine rote Fackel gezeichnet.

Unter der Zeichnung steht eine Anleitung:

Kreisbahn

Die lustige Freizeitattraktion für die ganze Familie! Im Kreis fahren, so lange man will!

Materialliste

Für eine Streckenlänge von insgesamt 16 Blöcken werden benötigt:

- *6 Einheiten Redstone-Pulver*
- *6 Goldbarren*
- *11 Eisenbarren*
- *4 Holzstäbe*
- *1 Block Pflasterstein*

Bauanleitung

1. *Aus 6 Eisen, 2 Holzstäben, 6 Gold und 1 Redstone 13 gewöhnliche Schienen und 3 Beschleunigerschienen herstellen (eventuelle Überschüsse beiseitelegen).*

2. *Aus Holzstab und Pflasterstein einen Hebel montieren.*
3. *Holzstab mit Redstone zu einer Redstone-Fackel verbinden.*
4. *Eisenschienen und Beschleunigerschienen nach Zeichnung in Kreisform verlegen. Dabei beachten, dass drei Beschleunigerschienen (A) jeweils in der Mitte von drei der vier Geraden angebracht sind.*
5. *Von den drei Beschleunigerschienen (A) jeweils Redstone-Verbindungen zum Hebel (B) herstellen.*
6. *Redstone-Fackel (C) neben Hebel (B) platzieren.*
7. *Lore (D) auf einer der Beschleunigerschienen stellen.*
8. *Hebel (B) umlegen, um die Bahn zu starten. Zum Anhalten Hebel (B) erneut umlegen.*

Achtung Sicherheitshinweis: Aussteigen während der Fahrt verboten!

„Kreisbahn?“, fragt Primo. „Was ist das?“

„Steht doch da!“, sagt Lausius. „Eine lustige Freizeitattraktion für die ganze Familie!“

„Aber ...“

„Nun steh hier nicht rum und quatsche! Besorg mir lieber die Materialien auf dem Zettel."

„Aber .."

„Was ist das, Redstone?", fragt Kolle, der Primo über die Schulter schaut.

„Das ist rotes, glitzerndes Pulver", erklärt Willert. „Ihr habt es während eurer Abenteuer bestimmt schon gesehen."

Primo nickt. „Ich glaube, es gibt welches tief unten in der Höhle unter dem Dorf."

„Na toll!", sagt Kolle.

„Ihr macht euch besser auf den Weg", sagt Willert. Er reicht Primo eine Eisenspitzhacke. „Hier, die werdet ihr brauchen."

„Aber sollten wir nicht lieber etwas unternehmen, um uns vor dem Enderman zu schützen, anstatt eine Freizeitattraktion für die ganze Familie zu bauen?", fragt Primo.

„Ganz meine Meinung!", pflichtet ihm Asimov zu. „Aber die interessiert hier ja sowieso keinen."

„Eine Kreisbahn ist genau das, was wir jetzt brauchen", behauptet Lausius. „Glaubt mir, das wird lustig!"

„Au ja!", stimmt Ruuna ihm zu.

„Ihr tut besser, was er sagt", meint Willert. „Lausius ist manchmal etwas wunderlich, das war er früher schon. Aber er weiß auch eine Menge, das wir nicht wissen."

Primo ist da skeptisch, aber er macht sich zusammen mit Kolle auf den Weg in die Höhle tief unter dem Dorf.

13. Die Kreisbahn

Am späten Nachmittag kehren Primo und Kolle wieder aus der Unterwelt zurück. Sie haben alle Materialien, die auf dem Zettel aufgelistet waren, beisammen. Es dauerte eine Weile, bis sie den rot funkelnden Redstone im Gestein der Höhle schimmern sahen, und auch das Gold war gar nicht so einfach zu finden. Ausreichend Eisenerz abzubauen war dagegen kein Problem, und die paar Nachtwandler und Knochenmänner, die dumm genug waren, sich mit Primo und Kolle anzulegen, haben das schnell bereut.

Primo will Asimov die Anleitung geben, doch der Golem schüttelt nur den Kopf. „Die kann ich auswendig."

„Du kannst sie auswendig? Du hast sie doch nur ein einziges Mal angesehen!"

„Ich vergesse nie etwas, das ich einmal gesehen habe. Kannst du dir vorstellen, wie nervig das ist? Jede Peinlichkeit, jedes Missgeschick, jeder dumme Witz, für immer unauslöschlich in dieses Metallgehirn eingebrannt! Du hast ja keine Ahnung, wie sehr ich euch Knollnasen um euer schlechtes Gedächtnis beneide!"

Sie sehen zu, wie der Golem die Materialien zu Schienen formt, diese auf der Wiese neben der

Schlucht zu einem Quadrat mit abgerundeten Ecken auslegt, in der Mitte einen Hebel auf ein Stück Pflasterstein montiert und schließlich alles mit Spuren aus Redstonepulver verbindet. Seine Bewegungen sind erstaunlich schnell und präzise. Zum Schluss bestäubt er ein Ende eines Stocks mit Redstonepulver. Als er dieses neben dem Hebel in den Boden rammt, beginnt es rot zu glühen.

Jetzt fehlt noch die Lore. Auch diese stellt Asimov in kurzer Zeit her und platziert sie auf einer der golden glänzenden Schienen, die durch Redstonepulver mit dem Hebel verbunden sind.

„Sehr gut, Golem!“, sagt Lausius. „Ich muss schon sagen, wer immer deinen Code geschrieben hat, hat wirklich gute Arbeit geleistet!“

„Das bezweifle ich allerdings!“, gibt Asimov missmutig zurück.

„Und jetzt?“, fragt Primo.

„Jetzt probieren wir das mal aus“, sagt Lausius. „Wer will noch mal? Wer hat noch nicht?“

„Ich! Ich!“, ruft Ruuna.

„Aber gern, meine Liebe. Klettere einfach da in die Lore.“

Während Ruuna seine Anweisung befolgt, geht Lausius in die Mitte des Schienenkreises und legt den Hebel um. Die Redstone-Spuren zu den Schienen glühen und blitzen rot, der Alte gibt der Lore mit

Ruuna einen kleinen Schubs, und sie setzt sich in Bewegung. Zuerst ist die Fahrt noch langsam, aber jedes Mal, wenn das Gefährt über eine der Beschleunigungsschienen fährt, wird es schneller.

„Yippie!“, ruft Ruuna begeistert. „Das macht Spaß!“

Nachdem sie ein paar Runden im Kreis gefahren ist, legt Lausius den Hebel wieder um, und die Lore wird langsamer, bis sie schließlich anhält.

„Was, schon zu Ende?“, mault Ruuna. „Ich will nochmal!“

„Jetzt lass erst mal die anderen“, erwidert Lausius. „Primo, wie wär's mit dir?“

Primo steigt zögerlich in das Gefährt. Er misstraut Lausius' Konstruktionen ein wenig, auch wenn er bereits eine Fahrt mit einer Lorenbahn hinter sich hat. Doch als der Alte den Hebel umlegt, geschieht zunächst nichts.

„Gib ihm mal jemand einen Schubs!“, sagt Lausius.

Kolle schiebt Primos Lore an, und die Fahrt beginnt. Zu Anfang ist es ein bisschen langweilig, doch als die Lore beschleunigt, fängt die Sache an, Primo Spaß zu machen. Dann allerdings wird die Kreisbahn immer schneller, bis Primo so schnell im Kreis herumrast, dass die Welt um ihn herum vor seinen Augen verwischt und ihm übel wird.

„Langsamer!“, ruft er. „Hilfe! Aufhören!“ In seiner Panik versucht er, aus der Lore zu klettern.

„Bleib sitzen!“, ruft Lausius. „Hast du nicht die Anleitung gelesen? Aussteigen während der Fahrt ist verboten!“

Er betätigt den Hebel, und die Fahrt verlangsamt sich. Als Primo aussteigt, scheint sich die ganze Welt um ihn zu drehen, und er kann kaum noch geradeaus laufen.

„Willst du auch mal?“, fragt Lausius Kolle, doch der schüttelt den Kopf.

„Nein danke, äh, ein andermal vielleicht“, sagt er nach einem kurzen Blick auf Primos Gesicht.

„Ich will nochmal!“, ruft Ruuna und springt in die Lore. „Darf ich? Darf ich?“

Die Hexe kann von der Kreisbahn nicht genug bekommen. Sie fährt damit, bis die Sonne untergeht und Willert sie ermahnt, jetzt endlich auszusteigen. Primo und Kolle beschließen, im Haus von Primos Vater zu übernachten, während Willert und Ruuna ins gegenüberliegende Haus des Bauern Bendo gehen. Lausius macht es sich in Kolles Elternhaus gemütlich, wo er die leeren Bücherregale mit Papierstapeln aus seiner Kiste füllt. Begleitet von der Katze Mina, die ihm nicht von der Seite weicht, patrouilliert der Golem durch das Dorf und wacht darüber, dass keine Monster die Nachtruhe stören.

„Ist es nicht unglaublich, dass Asimov ganz alleine das Dorf wiederaufgebaut hat?“, fragt Kolle, als die beiden im Bett liegen. „Ich hätte nicht gedacht, dass die Sache so glimpflich ausgeht!“

„Noch ist es nicht vorbei“, meint Primo.

In der Nacht schläft er schlecht. Düstere Gestalten mit leuchtenden Augen verfolgen ihn in seinen Träumen, so dass er froh ist, als endlich der Tag anbricht. Während Lausius in der Bibliothek weiter an seiner „großen vereinheitlichten Theorie von allem“ arbeitet, versuchen Primo, Kolle, Willert und Ruuna, ein Festmahl vorzubereiten. Ohne die Hilfe der anderen erweist sich das als nicht gerade leicht. Ruuna ist eine experimentierfreudige, aber nicht besonders talentierte Köchin; Primo jedenfalls betrachtet ihre Kreationen „Hühnchen in Spezialsauce“, „leckere Überraschungskekse“ und „gebratenes Schweinefleisch mit irgendwelchen Pilzen“ mit gemischten Gefühlen und nimmt sich vor, beim Essen Zurückhaltung zu üben. Willert erntet das Getreide und backt Brot, während Primo und Kolle neben der Schlucht Tische und Bänke aufbauen.

Primos Blick fällt auf die ausgeschaltete Kreisbahn. Was hat sich Lausius bloß dabei gedacht? Immerhin scheint das Fahren damit Ruuna Spaß zu machen. Vielleicht gefällt es ja den Mädchen auch.

Und Magolus ist bestimmt stolz, wenn er sieht, dass sein Dorf etwas hat, das es im Wüstendorf nicht gibt. Trotzdem wäre es ihm lieber gewesen, sie hätten irgendetwas gebaut, mit dem man sich gegen Monster verteidigen kann, anstatt einer „lustigen Freizeitattraktion für die ganze Familie“. Das Dorf ist nun immer noch völlig schutzlos, falls Artrax erneut angreifen sollte.

Nachdem alles vorbereitet ist, klettern Kolle und Primo auf den Kirchturm, um nach Golina und Margi Ausschau zu halten.

„Sollen wir ihnen nicht lieber entgegengehen?“, fragt Kolle.

„Du hast doch Golina gehört“, sagt Primo. „Wir sollen das Dorf nicht verlassen!“

„Golina ist nicht Magolus“, entgegnet Kolle. „Bloß, weil sie etwas sagt, heißt es noch lange nicht, dass wir uns daran halten müssen.“

Primo muss an Golinas Blick denken, als er am Strand beim Wüstendorf aus dem Boot stieg. Sie hat vor Freude geweint, ihn umarmt und geküsst, aber gleichzeitig hat er sie noch nie so wütend erlebt.

„Ich tue lieber das, was Golina sagt, als das, was Magolus sagt“, entgegnet er.

„Ja, aber wenn Monster ...“, beginnt Kolle, doch in diesem Moment sieht Primo eine Gruppe von Dorfbewohnern über die östliche Ebene marschieren.

„Da kommen sie!“, ruft er.

Kurz darauf laufen die Dorfbewohner staunend durch das wiederaufgebaute Dorf.

„Das ist ja wirklich verblüffend!“, sagt Magolus. „Aber hättet ihr die Kirche nicht ein bisschen größer bauen können, wenn ihr schon dabei wart, Primo?“

„Das waren nicht wir, Magolus. Das hat Asimov ganz allein getan.“

„War ja klar, dass ich wieder alles falsch gemacht habe“, kommentiert der Golem.

„Aber nein, Asimov, es ist alles genau richtig!“, widerspricht Primo.

„Das sagst du bloß, um mich zu trösten.“

„Wieso seid ihr eigentlich schon so schnell hier?“, fragt Primo Golina.

„Wir sind gestern Abend im Wüstendorf angekommen“, erzählt sie. „Als wir den anderen erzählt haben, dass unser Dorf wiederaufgebaut ist, wollten sie es erst nicht glauben. Aber als Wumpus dann behauptet hat, das seien bestimmt alles Lügenmärchen, unser Dorf könne nie wieder aufgebaut werden und wir würden für immer dem Wüstendorf zur Last fallen, ist Magolus wütend geworden. Er hat bloß ‚Pah, du wirst schon sehen!‘ gesagt und ist sofort aufgebrochen. Da blieb uns anderen nichts übrig, als ihm zu folgen. Wir sind die ganze Nacht durchmarschiert.“

„Und was ist mit Monstern?“, fragt Kolle. „Seid ihr denn keinen Nachtwandlern und Knochenmännern begegnet?“

„Mit denen sind wir mühelos fertig geworden“, sagt Golina, und ihre Augen funkeln.

Die Kreisbahn weckt die Neugier der Dorfbewohner.

„Was soll das denn sein?“, fragt Kaus, der Bauer.

„Das ist eine Kreisbahn“, erklärt Olum, der Fischer. „Das hat uns Lausius doch erklärt.“

„Und was macht die, so eine Kreisbahn?“

„Sie fährt im Kreis herum.“

„Einfach so?“

„Einfach so.“

„Wäre es nicht sinnvoller, sie würde irgendwo hinfahren? Zum Beispiel zum Wüstendorf? Dann könnten wir …“

„Willst du etwa wieder dahin zurück?“

„Na ja, nicht für immer. Aber die Bewohner dort waren nett zu uns. Es wäre doch schön, wenn wir sie hin und wieder besuchen könnten, ohne den langen Weg durch die Wüste machen zu müssen.“

„Vielleicht hast du recht“, stimmt Olum zu. „Wir können das ja mal mit Lausius besprechen. Aber jetzt möchte ich das Ding auch mal ausprobieren. Ruuna, hast du nicht langsam genug?“

„Nur noch eine Runde!“, ruft die Hexe.

„Kommst du mal kurz, Junge?“, sagt Lausius zu Primo, der neben der Kreisbahn steht und die anderen beobachtet. „Ich muss mal was mit dir besprechen.“

Er führt ihn ein Stück weit von den anderen weg und gibt ihm einige Anweisungen. Primo macht große Augen, als er erfährt, was Lausius vorhat.

„Meinst du, du schaffst das?“, fragt der Alte.

Primo schluckt, dann nickt er. „Ich glaube schon.“

„Gut. Und kein Wort zu den anderen! Je weniger davon wissen, desto besser.“

Die Sonne steht tief am Himmel, als endlich alle zum Festmahl beisammen sitzen. Magolus lässt es sich nicht nehmen, eine kleine Ansprache zu halten.

„Liebe Dorfgemeinde, eine schwere Zeit liegt hinter uns. Doch wie immer hat Notch, unser Schöpfer, meine Gebete erhört und uns in der Not geholfen. Er hat dafür gesorgt, dass das schönste Dorf der Welt in seiner ganzen Pracht wiederhergestellt ist, auf dass die Bewohner anderer Dörfer es bewundern können. Doch wir wollen auch nicht jene vergessen, durch deren Mut, Tatkraft und unermüdlichen Einsatz dieser Erfolg erst möglich wurde, und uns herzlich bei Ihnen bedanken. Allen voran Birta, die mir bei den Auseinandersetzungen mit diesem unerträglichen Ketzer Wumpus stets beigestanden hat und …“

Ein unheimliches Zischen unterbricht ihn. Die Dorfbewohner schreien vor Entsetzen, als sie die schwarze, dürre Gestalt des Endermans sehen, der oben auf dem Kirchturm erschienen ist.

„Na warte, du Monster!“, brüllt Asimov und rennt auf die Kirche zu, doch er kann den Enderman dort oben nicht erreichen.

Artrax stößt ein unheimliches, langgezogenes Zischen aus, das Primo an die Geräusche erinnert, die der Enderdrachen gemacht hat.

„Oh nein!“, ruft Golina aus, die neben Primo am Tisch sitzt. „Sieh mal, da hinten kommen Knallschleicher aus dem Wald!“

„Er wird das Dorf zerstören!“, ruft Birta. „Wir sind verloren! Rette sich, wer kann!“

Panik bricht aus. Die Dorfbewohner springen auf, stürzten Tische und Bänke um. Ruunas nach supergeheimen Spezialrezepten zubereitete Speisen fallen zu Boden.

„Halt!“, brüllt Primo, so laut er kann. „Ihr dürft nicht weglaufen! Er will euch bloß Angst machen!“

Er geht langsam zu der ausgeschalteten Kreisbahn.

„Sieh ihm nicht in die Augen!“, mahnt Golina.

Doch genau das ist es, was Primo vorhat. Als er die Mitte des Schienenkreises erreicht, wendet er sich um und fixiert den Enderman mit seinem Blick.

Artrax' Hass und Wut treffen ihn wie ein Schwertschlag.

„Du wagst es, dich mir entgegenzustellen, Sterblicher!", erklingt die heisere Stimme des Endermans in Primos Kopf. „Du wirst meinen Zorn zu spüren bekommen! Diesmal werde ich mich nicht damit begnügen, dieses erbärmliche Dorf zu zerstören. Diesmal werden alle Bewohner sterben. Dich aber werde ich bis zuletzt leben lassen, damit du deine Niederlage ansehen kannst!"

„Ach ja?", erwidert Primo ruhig. „Schickst du wieder deine Monster, um die Drecksarbeit zu machen, während du wie ein Feigling da oben auf dem Kirchturm stehst?" Er zieht sein Eisenschwert. „Komm her und kämpfe, wenn du dich traust!"

„Sieh nur für eine Sekunde weg, Sterblicher, und ich werde bei dir sein! Dann wirst du die Rache für die Wunde, die du mir zugefügt hast, zu spüren bekommen. Deine Schmerzen werden hundertmal so stark sein wie meine."

„Das ist doch bloß leeres Geschwätz!", höhnt Primo. „In Wahrheit wirst du dich nicht mal in meine Nähe trauen!"

„Ach ja?“, kontert Artrax. „Probier's aus, Sterblicher!“

Primo schließt die Augen. Das charakteristische Geräusch, das Endermen beim Teleportieren machen, erklingt unmittelbar vor ihm. Als er die Augen wieder öffnet, holt Artrax bereits zum Schlag aus.

Primo reißt mit einer Hand das Eisenschwert hoch, um sich zu verteidigen, während er mit der anderen den Hebel neben sich umlegt. Die Redstonespuren und die Beschleunigerschienen leuchten rötlich, doch die Lore bewegt sich nicht von der Stelle.

„Oh nein!“, hört er Lausius rufen. „Die Lore! Ich hab vergessen, dass die Lore angeschoben werden muss!“

Während Primo klar wird, dass Lausius‘ Plan nicht funktioniert hat, kracht der Arm des Endermans auf ihn herab. Von der Wucht wird ihm das Eisenschwert aus der Hand geschleudert. Der Arm trifft seine Schulter mit der Gewalt eines explodierenden Knallschleichers. Ein schrecklicher Schmerz durchzuckt seinen ganzen Körper und macht ihn Bewegungsunfähig.

„Lass meinen Freund in Ruhe, du hässliche Ausgeburt der Unterwelt!“, schreit Golina und rennt auf den Enderman zu, der jedoch nur ein höhnisches, heiseres Lachen ausstößt.

„Nein!“, schreit Primo. „Nicht!“

Doch Golina lässt sich nicht aufhalten. Statt sich allerdings auf den Enderman zu stürzen, gibt sie der Lore einen Schubs. Das Gefährt setzt sich langsam in Bewegung, während Artrax zum zweiten, tödlichen Schlag ausholt. Primo versucht, zur Seite auszuweichen, doch er ist immer noch wie gelähmt vor Schmerzen. Er sieht den Arm auf sich herabsausen, doch in diesem Moment rollt die Lore über eine Beschleunigungsschiene, nimmt Geschwindigkeit auf und rast seitlich gegen den Enderman.

Artrax wird von seinen Beinen gerissen und landet in der Lore, die weiter beschleunigt.

„Gute Fahrt!“, ruft Primo. „Und vergiss nicht, Artrax: Aussteigen während der Fahrt ist streng verboten!“

Der Enderman stößt einen langen, schaurigen Schrei aus, während er immer schneller im Kreis herum jagt. Nur langsam kehrt die Bewegungsfähigkeit in Primos Glieder zurück. Kurz, nachdem Artrax in seiner Lore an ihm vorbei gerauscht ist, überquert er die Schienen.

Überglücklich fällt ihm Golina um den Hals und küsst ihn lange.

„Woher hast du es gewusst?“, fragt Primo, als sie sich endlich von ihm löst.

„Was gewusst?“

„Dass du die Lore anschieben musst.“

„Das war doch nicht so schwierig. Ich habe mir gleich gedacht, dass Lausius dieses Kreisdingsda nicht nur zum Spaß gebaut hat. Dann habe ich gesehen, wie du in die Mitte gegangen bist, als der Enderman angriff. Da war mir klar, dass es eine Art Falle sein muss. Vorhin, als ich die Kreisbahn mit Margi ausprobiert habe, habe ich gemerkt, dass sie nicht von selbst losfährt, sondern man sie anschieben muss. Also hab ich der Lore einen Schubs gegeben.“

„Das war sehr klug von dir!“, sagt Primo und küsst sie erneut.

„Nur eins verstehe ich noch nicht“, sagt Golina. „Endermen können sich doch einfach wegteleportieren. Wieso tut Artrax das nicht?“

„Er kann nicht“, erklärt Primo. „Lausius hat es mir erklärt, irgendwas mit Magnetfeldern oder so ähnlich. Jedenfalls ist eine Lore in Bewegung die einzige Möglichkeit, einen Enderman dauerhaft zu fangen.“

„Heißt das ... heißt das etwa, ich kann nie wieder mit der Kreisbahn fahren?“, fragt Ruuna.

Primo nickt. „Ich fürchte, ja.“

„Blöder Enderman!“, ruft die Hexe. „Blöder, blöder Enderman!“

„Was ist eigentlich mit den Knallschleichern?“, fragt Golina. „Sollten wir uns nicht um die kümmern?“

„Das erledigt Asimov schon“, sagt Kolle.

Er zeigt auf den Golem, der gerade eines der Monster in hohem Bogen durch die Luft befördert und dabei immer wieder ruft: „Zutritt verboten! Wann kapiert ihr das endlich? Zutritt in meinem Dorf für Monster verboten!“ Unterdessen jagt Mina einen anderen Knallschleicher, der sich von Osten her angeschlichen hatte, davon.

Sicherheitshalber patrouillieren Willert, Porgo, Kolle, Primo und die beiden Mädchen noch einmal durch das ganze Dorf, doch es sind keine weiteren Monster zu entdecken. Offensichtlich hat der Ruf des Endermans nicht lange genug gedauert, um mehr Knallschleicher anzulocken.

Inzwischen haben die anderen Dorfbewohner einen Kreis um die Schienen gebildet und verhöhnen den Enderman, der ihnen so viel Leid zu gefügt hat und nun hilflos in der Lore sitzt. Ruuna singt mit schiefer Stimme lauthals ein Lied, das sie spontan gedichtet hat:

Es fährt ein I-A-Enderman in unsrem Kreis herum,
dideldum,
es fährt ein I-A-Enderman in unsrem Kreis herum.
Weg kann er nicht, er ärgert sich,
fährt nur im Kreise unendlich.
Es fährt ein I-A-Enderman in unsrem Kreis herum!

Primo und Golina müssen über den schrägen Gesang der Hexe herzhaft lachen.

„Nun ist es vorbei!“, sagt Primos Freundin und küsst ihn. „Der böse Enderman ist endlich gefangen.“

„Ja“, stimmt er zu.

Jedenfalls, solange niemand den Hebel umlegt. Doch diesen Gedanken spricht er nicht aus.

ENDE

Hinweise zum Erkunden der Schauplätze dieses Buchs in Minecraft (PC-Version)

Die Schauplätze in diesem Buch lassen sich alle in Minecraft besuchen, wenn du den Seed 100200300400500 eingibst (siehe Anleitung am Anfang des Buchs). Die Koordinaten in der folgenden Tabelle können dir dabei helfen. Die Angaben sind ungefähre Werte.

Ort	**X**	**Y**	**Z**
Das Wüstendorf	-114	71	-941
Die Insel der Pilze	-5.383	64	-4.894
Der Eingang zur Höhle	-5.320	62	-4.831
Verlies (Vorsicht Spinnen!)	-5.309	46	-4.871

Tipp: Um zu sehen, wo du selbst gerade bist, kannst du in der PC-Version die F3-Taste (Debug-Modus) drücken. Du siehst dann auf der linken Seite den Hinweis „Block“, gefolgt von drei Zahlen. Dies ist deine aktuelle Position. Die erste Zahl ist die X-Koordinate, die zweite deine aktuelle Höhe (Y), die dritte die Z-Koordinate. Wenn du dich drehst, wird dir angezeigt, in welche Richtung du dich bewegst – „Facing west – towards negative x“ bedeutet zum Beispiel, dass der Wert deiner X-Koordinate sinken wird, wenn du geradeaus gehst. Auf diese Weise kannst du dich deinem Ziel nähern. Wenn du im Kreativmodus bist oder Cheats aktiviert hast, kannst du mit dem Cheat /tp auch direkt zu den angegebenen Koordinaten teleportieren. Viel Spaß beim Erkunden der Welt von „Das Dorf"!

Hinweis: Die in der Geschichte beschriebene künstliche Höhle, die der alte Lausius angelegt hat, und die Maschinen, die er gebaut hat, existieren natürlich nicht. Falls du Lust hast, kannst du ja versuchen, Lausius' Höhle nachzubauen. Anleitungen für die Maschinen, die ich beschrieben habe, gibt es im Internet.

Vater werden ist nicht schwer, Vater sein dagegen sehr ...

Ein Kuss von Golina hat unerwartete Folgen: Primo wird Vater! Leider hat der kleine Nano offenbar von ihm die Neigung geerbt, sich in Schwierigkeiten zu bringen. Als der böse Enderman Artrax aus seiner Gefangenschaft befreit wird und Nano im selben Moment spurlos verschwindet, muss sich Primo erneut auf eine gefährliche Reise begeben ...

"Primos Sohn" ist der siebte Band der Serie um die Bewohner des kleinen Dorfs am Rand der Schlucht und bei Amazon und im Buchhandel erhältlich. Weitere Bände sind in Vorbereitung.

Aus manchen Träumen gibt es kein Erwachen ...

Irgendetwas stimmt nicht mit der Welt, in der sich Marko unvermittelt wiederfindet, ohne zu wissen, wer er ist und wie er hierher kam. Erst nach einem Moment erkennt er, was ihn stört: Alles um ihn herum besteht aus Würfeln. Verfolgt von Skeletten, Zombies und explodierenden Gurkenwesen muss Marko einen Ausweg aus der Würfelwelt finden. Denn er ahnt, dass nicht nur sein eigenes Leben bedroht ist ...

Die *Würfelwelt*-Trilogie um Marko, der in der Welt von Minecraft gefangen ist, begeisterte bereits viele tausend Fans weltweit. Bestellbar in jeder Buchhandlung oder bei Amazon. Empfohlen ab 12 Jahren.

18197406R00086

Printed in Poland
by Amazon Fulfillment
Poland Sp. z o.o., Wrocław